Toshokan no Daimajutsushi, vol. 1

First published in Japan in 2018 by Kodansha Ltd., Tokyo.
Publication rights for this French edition arranged through Kodansha Ltd., Tokyo.

Édition française

Traduction :
Géraldine Oudin

Adaptation graphique :
Hinoko

ISBN : 979-10-327-0467-7
Dépôt légal : mars 2019
Achevé d'imprimer en Italie en avril 2024 par L.E.G.O.

"Je dédie cette histoire à mon héros…"

Sofi Shuim,
Kahuna du vent.

LE LIVRE.
UNE SOURCE DE SAVOIR...
UN PRÉCIEUX HÉRITAGE QUI RELIE PASSÉ ET FUTUR.
UNE ACCUMULATION DE SIGNES CHARGÉS DE SENS...
C'EST UN MAGE QUI ME L'A DIT UN JOUR...
PROTÉGER LES LIVRES...
C'EST TOUT SIMPLEMENT...
PROTÉGER LE MONDE !

Magus of the Library

1 L'enfant aux vilaines oreilles pointues

UN CHEVAL D'ÉBÈNE QUI GALOPE DANS LE CIEL...
UN ÉTRANGE OISEAU QUI VEILLE JALOUSEMENT SUR UN TAS DE PIERRES PRÉCIEUSES...
UN GÉNIE CAPABLE DE FAIRE DE VOUS UN ROI...
UN MONSTRE QUI RÈGNE SUR LES OCÉANS ET ENGLOUTIT LES NAVIRES...

IL Y A TANT DE RICHESSES AU-DELÀ DES MERS...
DE QUOI DOMINER LE MONDE !

LE JOUR DU DÉPART EST ARRIVÉ !

REVENEZ, VOTRE ALTESSE !!
VOUS NE POUVEZ PAS DISPARAÎTRE COMME ÇA !!
TAP
FSH
PLAF
DÉSOLÉ, HAMÈS !
TOUT EST LA FAUTE DE CE MAUDIT SHAGRAZAT !
DEPUIS QU'IL NOUS A DÉBARRASSÉS DES VOLEURS, LE PRINCE EST SOUS SON EMPRISE !
TOUTES MES EXCUSES, MAIS MAINTENANT JE SAIS...
QUE LE MONDE EST VASTE...

JE PARS À L'AVENTURE !!

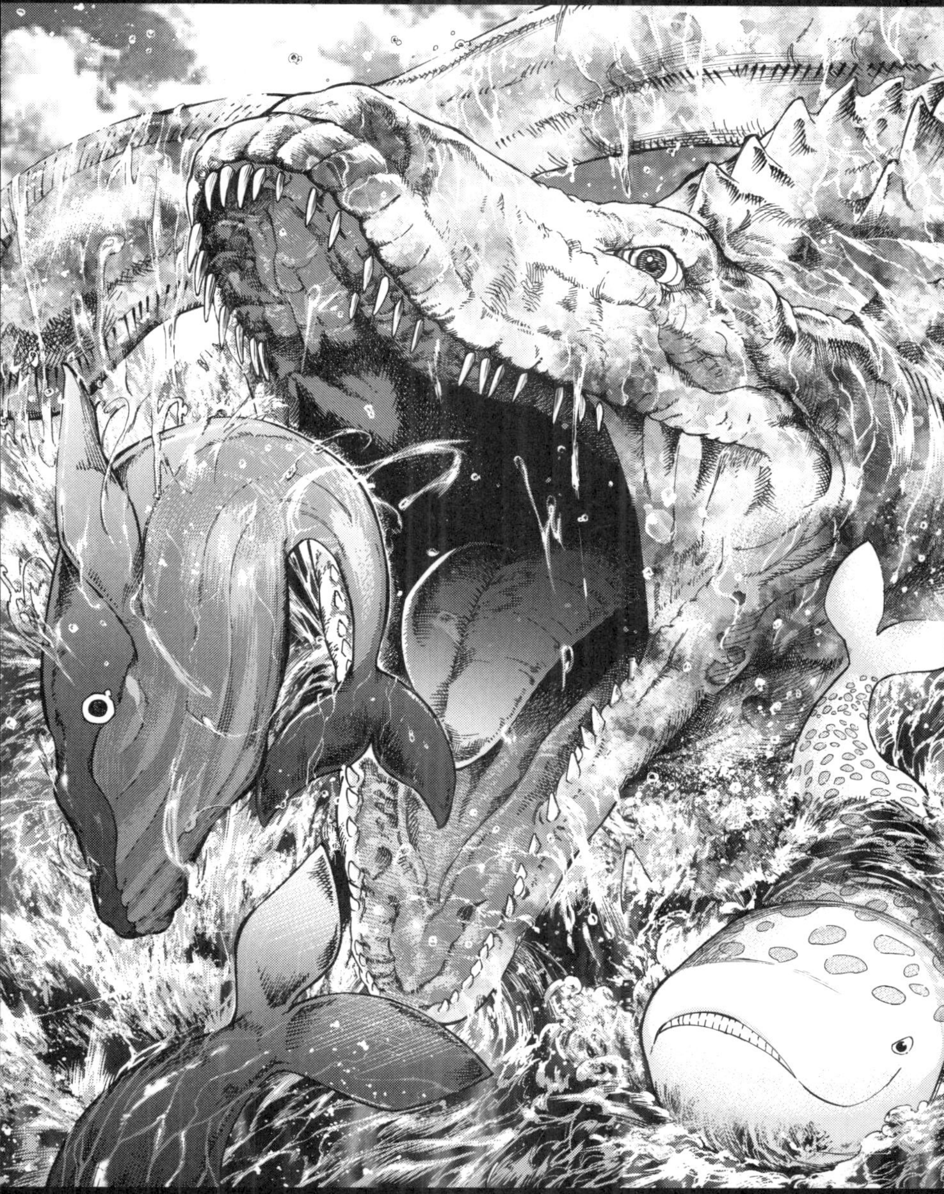

TAP
TAP
FSH
ÇA Y EST...
TAP
LE GRAND MOMENT EST ARRIVÉ...
BIEN-VENUE À BORD...
VOTRE ALTESSE !
HAN
HAN

DOOM
MONTEZ !
À PARTIR DE MAINTENANT, VOUS ÊTES MEMBRE DE L'ÉQUIPAGE DU PIRATE SHAGRA-ZAT !
BOBOM
QUE L'AVEN-TURE COMM...
BOBOM
FSH
POF
HEIN ?

QU...
AH...
AH !
ENCORE TOI...
SALE MORVEUX ?!
?!!
FSH
"LES AVENTURES DE SHAGRAZAT"
J'EN AI ASSEZ QUE TU T'INTRO-DUISES DANS MA BIBLIO-THÈQUE !
GH...
ARGH...

ZUT !
PAF
FSH
POF
BAM
PLAF
OUF...
GLOUPS
IL N'A RIEN...
QU'EST-CE QUE TU RACONTES ?!
AÏE !
FRSH
LES LIVRES...

ONT ÉTÉ INVENTÉS POUR COMMUNIQUER NOTRE POINT DE VUE AUX AUTRES...
ILS ONT TOUJOURS FASCINÉ ET, À L'ORIGINE, ILS COÛTAIENT TRÈS CHER...
LES SOUVERAINS DÉPENSAIENT DE VÉRITABLES FORTUNES POUR RÉUNIR SOUS UN MÊME TOIT DES ÉCRITS DU MONDE ENTIER AFIN D'IMPRESSIONNER LEURS SEMBLABLES...
C'EST AINSI QUE SONT NÉES LES BIBLIOTHÈQUES.
AVEC LE TEMPS ET L'INVENTION DE L'IMPRIMERIE...
LE PRIX DES OUVRAGES A BAISSÉ ET ILS SONT DEVENUS ACCESSIBLES AU PLUS GRAND NOMBRE !
MÊME UN VILLAGE COMME AMUN...
DISPOSE D'UNE MODESTE BIBLIOTHÈQUE OÙ PEUVENT SE RENDRE TOUS LES HABITANTS...

Magus of the Library

Mitsu Izumi

1

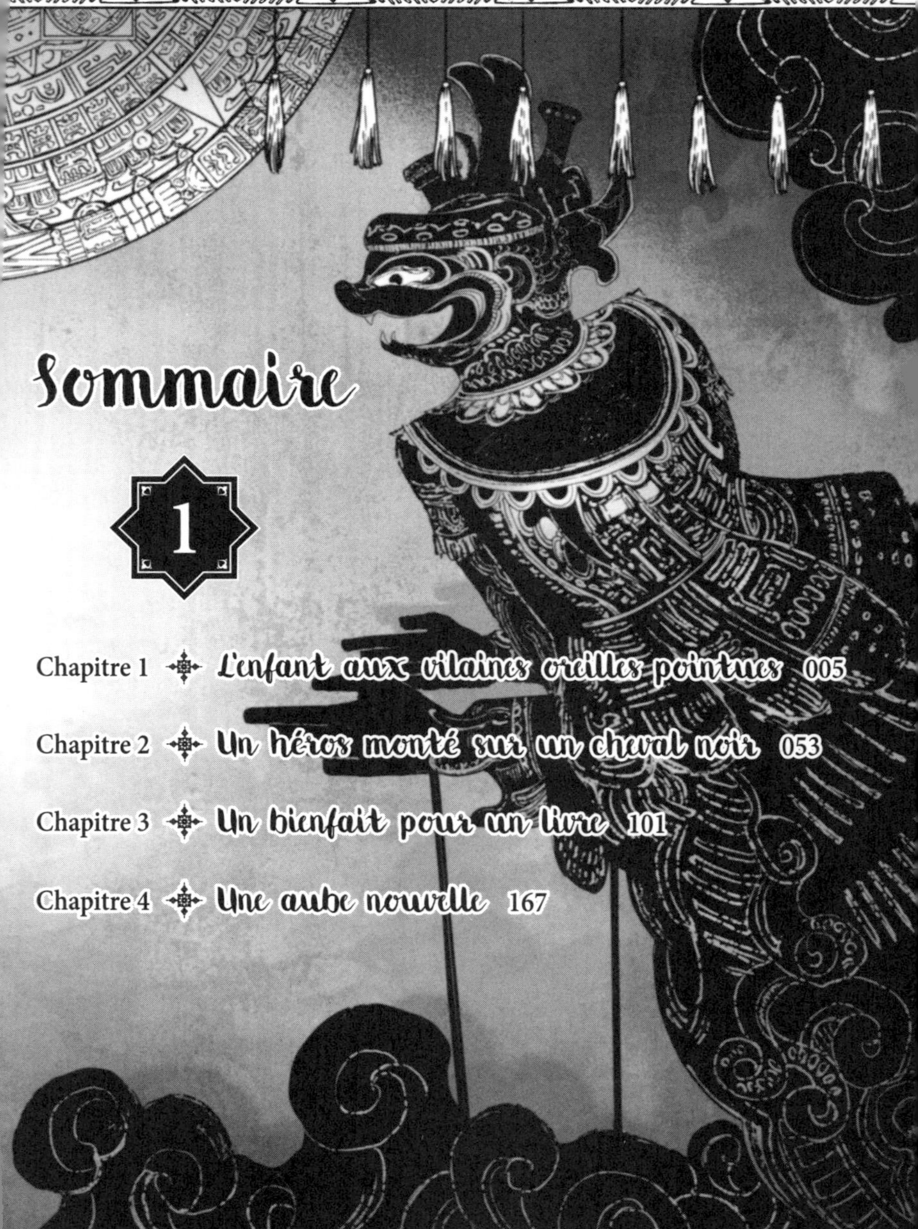

Sommaire

1

AÏE !
OUILLE !
AÏE !
ENFIN ...
À L'EXCEPTION D'UN SEUL D'ENTRE EUX...
PAF
COMBIEN DE FOIS FAUDRA-T-IL QUE JE TE LE RÉPÈTE ?
L'ACCÈS EST RÉSERVÉ AUX VILLAGEOIS !
LES CRÈVE-LA-FAIM DES FAUBOURGS NE SONT PAS LES BIENVENUS !
OSSÉ MÉNÈS, DIRECTEUR DE LA BIBLIOTHÈQUE D'AMUN.
TU FERAIS MIEUX DE TRAVAILLER AU LIEU DE PERDRE TON TEMPS À LIRE, GAMIN !
TAP

FSH
TAC
JE NE VEUX PAS DE ÇA...
DANS MA SALLE DE LECTURE !

BLA
BLA
からん
からら〜ん
BLA
どた
どた
BLA
HI HI !
HI HI !
BLA
ガヤ
BLA
ガヤ
AS-SEYEZ-VOUS !
LA CLASSE VA COMMENCER...
OUI, MONSIEUR !
CE PETIT GARÇON, QUI AVAIT LES YEUX VERTS COMME LA MOUSSE...
D'ÉTRANGES CHEVEUX AUX REFLETS DORÉS...
LA PEAU TRÈS PÂLE...
ET DE VILAINES OREILLES, LONGUES ET POINTUES...

IGNORAIT ...
POURQUOI IL ÉTAIT SI DIFFÉRENT DES AUTRES ENFANTS.
BLA
BLA
HI
HI !
AU VOLEUR !!
TAP TAP TAP
C'EST ENCORE UN GAMIN DES FAUBOURGS ...
IL FAUDRAIT VRAIMENT QUE QUELQU'UN RÈGLE CE PROBLÈME...
EXCUSEZ-MOI...
VOUS AVEZ FAIT TOMBER ÇA !
FSH
FSH
POF

PAF
AÏE !
TU ÉTAIS ENCORE FOURRÉ À LA BIBLIOTHÈQUE ?!
EH, OREILLES POINTUES !
FRANCHEMENT, ON SE DEMANDE CE QUE TU FAIS À L'ÉCOLE…
TU ES LE SEUL DE TON TROU À T'INCRUSTER !
BAM
TU N'AS PAS HONTE ?
TU SAIS BIEN QUE C'EST PAS UN ENDROIT POUR LES PAUVRES !
PAF
KOF
KOF
C'est comme ça qu'on l'appelle…
per-sonne ne connaît son nom !
Il n'a pas d'amis…
ni d'argent…
juste des oreilles pointues…
COUREZ !
IL VA NOUS DONNER SES MICROBES DE PAUVRE !
HA HA HA HA HA HA !

SALUT !
TU RENTRES DE L'ÉCOLE ?
...
HMM ...
FRSH FRSH
ÇA TOMBE BIEN...
ON SAIT PAS LIRE, TU POURRAIS NOUS DIRE CE QU'IL Y A ÉCRIT ?
FUIT
HEIN ?!
BIEN SÛR !
AH ...
OUI ...
PFF... HA HA HA HA !
"OREILLES POINTUES, TU PUES !"

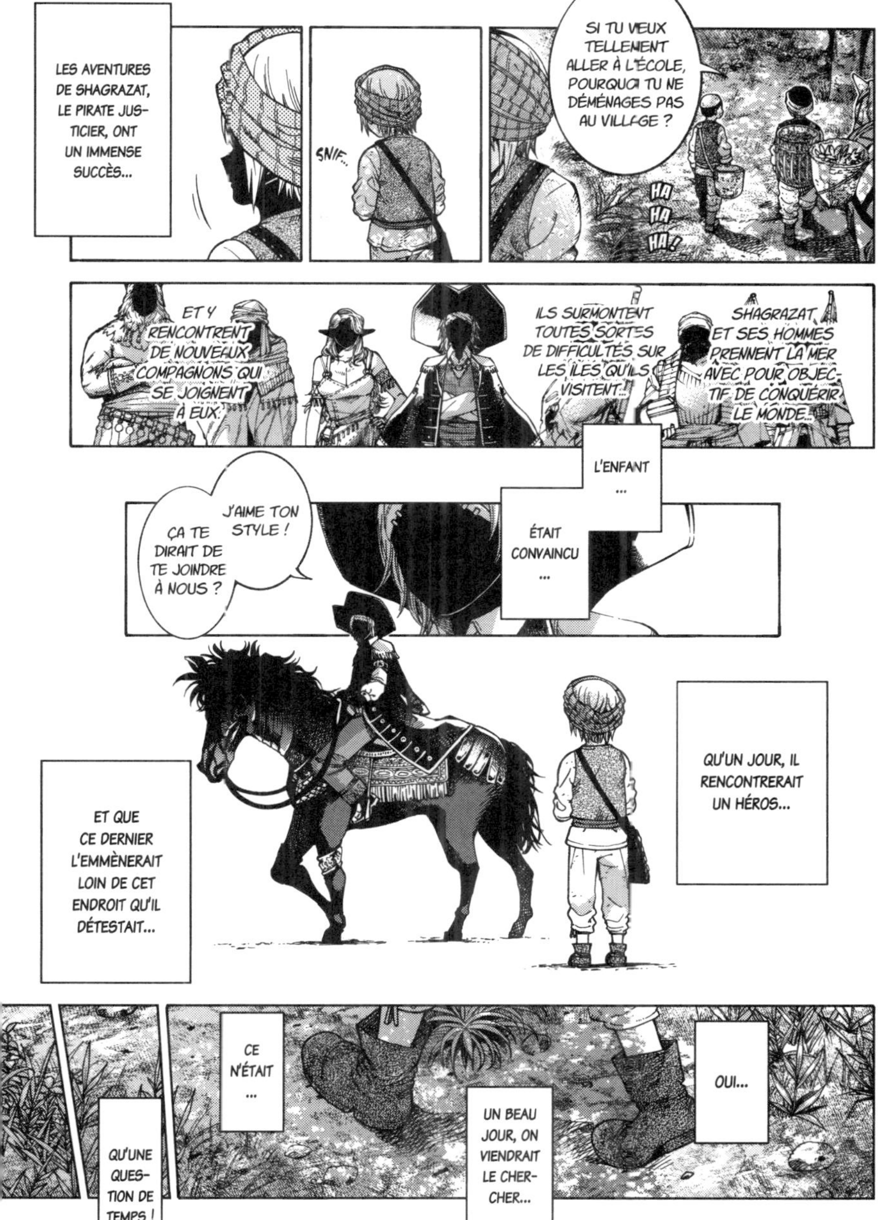
LES AVENTURES DE SHAGRAZAT, LE PIRATE JUSTICIER, ONT UN IMMENSE SUCCÈS...
SNIF...
SI TU VEUX TELLEMENT ALLER À L'ÉCOLE, POURQUOI TU NE DÉMÉNAGES PAS AU VILLAGE ?
HA HA HA !
SHAGRAZAT ET SES HOMMES PRENNENT LA MER AVEC POUR OBJECTIF DE CONQUÉRIR LE MONDE...
ILS SURMONTENT TOUTES SORTES DE DIFFICULTÉS SUR LES ÎLES QU'ILS VISITENT...
ET Y RENCONTRENT DE NOUVEAUX COMPAGNONS QUI SE JOIGNENT À EUX.
L'ENFANT ...
ÉTAIT CONVAINCU ...
J'AIME TON STYLE !
ÇA TE DIRAIT DE TE JOINDRE À NOUS ?
QU'UN JOUR, IL RENCONTRERAIT UN HÉROS...
ET QUE CE DERNIER L'EMMÈNERAIT LOIN DE CET ENDROIT QU'IL DÉTESTAIT...
OUI...
UN BEAU JOUR, ON VIENDRAIT LE CHERCHER...
CE N'ÉTAIT ...
QU'UNE QUESTION DE TEMPS !

LES FAUBOURGS
JE SUIS RENTRÉ !
TIFA !
TU ES ENCORE AU TRAVAIL ?
LE JEUNE GARÇON VIVAIT SEUL AVEC SA SŒUR AÎNÉE.
POUR LUI PERMETTRE D'ALLER À L'ÉCOLE...
ELLE TRAVAILLAIT DANS UNE PLANTATION DE THÉ LE MATIN, AUX CHAMPS L'APRÈS-MIDI, ET BRODAIT LE SOIR !
IL N'AVAIT OSÉ LUI POSER LA QUESTION QU'UNE FOIS...

"DIS...
POURQUOI TU M'OBLIGES À ALLER À L'ÉCOLE ?
IL N'Y A PAS BESOIN D'ÉTUDIER POUR TRA-VAILLER !"
"JE NE SAIS NI LIRE NI ÉCRIRE...
MAIS J'AIME-RAIS QUE TOI, TU APPRENNES BEAUCOUP DE CHOSES...
JE SUIS SÛRE QUE SI TU DEVIENS CAPABLE DE COMPRENDRE CE QU'IL Y A DANS LES LIVRES...
TU IRAS TRÈS LOIN SANS L'AIDE DE PERSONNE !"
...
BON, JE VAIS FAIRE MES DEVOIRS ...
FRSHHHH

BON-
JOUR !
VOUS
ALLEZ
BIEN ?
HOP
!
FRSH
FRSH
PING

FSH
KUKUO !
HAN
HAN
AR-RÊTE !
JE DOIS PRO-FITER DE LA LUMIÈRE POUR TRAVAILLER !
HIII !
ROLL
ROLL
SCRITCH
ÇA Y EST, J'AI TERMINÉ !
HMM...
TU AS FINI ?
RE-GARDE ...
C'EST VRAIMENT ICI QU'ON A LA PLUS BELLE VUE !

TU AS ENTENDU PARLER...
D'AFSHAK, LA VILLE DES LIVRES ?
LOIN DERRIÈRE CES MON-TAGNES...
ELLE EST PEUPLÉE DE PASSIONNÉS DE LECTURE ...
ET DANS SA BIBLIO-THÈQUE...
ON TROUVE TOUS LES OUVRAGES DU MONDE !
LES GENS VIENNENT DE PARTOUT POUR LES CONSUL-TER...
ALORS IL DOIT Y AVOIR DES PER-SONNES TRÈS DIFFÉRENTES, LÀ-BAS...

JE SUIS SÛR QUE TOUT LE MONDE SE FICHERAIT...
QUE J'AIE LES OREILLES POINTUES !
OUAH
JE RADOTE ?
EXCUSE-MOI !
EN TOUT CAS...
C'EST CERTAINEMENT UN ENDROIT MAGIQUE...
J'ADORERAIS Y ALLER !
Afshak...
capitale des Livres...
...
C'EST UNE CHANSON SUR LA GRANDE BIBLIOTHÈQUE...
QUE JE VIENS D'INVENTER !

On y trouve …
tous les ouvrages …
c'est la plus grande …
biblio-thèque du monde …
FRSH
J'ai-merais tant…
y aller …

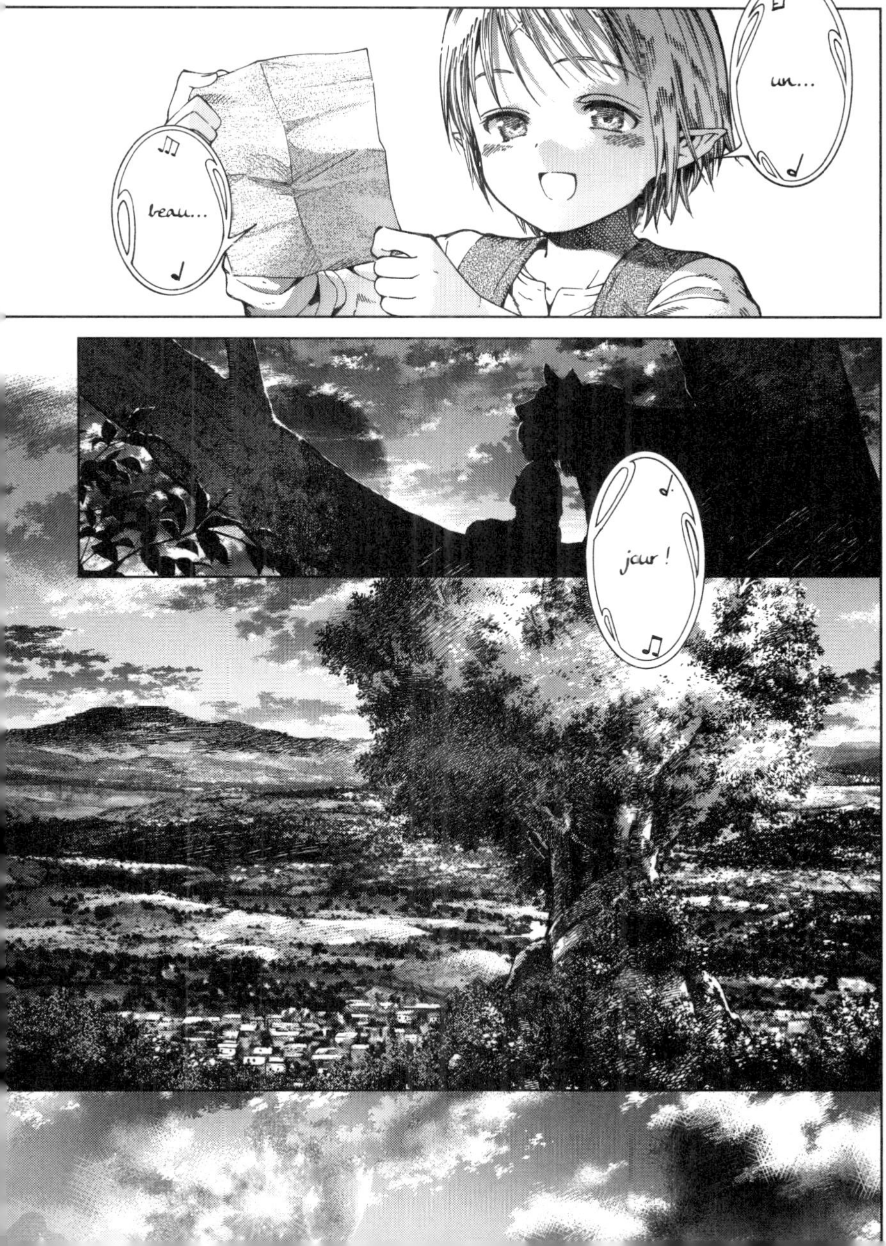
un...
beau...
jour !

CLOP
CE DOIT ÊTRE AMUN ...
IL NOUS EN A FALLU, DU TEMPS, DEPUIS AFSHAK !

FIUUUU
ヒューーー

SE-DONA !
ON FAIT LA COURSE JUSQU'AU VILLAGE ?
HI HI !
JE NE VOIS PAS L'INTÉRÊT ...
ON SE RETROUVE EN BAS !
CATACLOP
C'EST DE LA TRICHE !!
OH, ÇA VA ...
CLOP
AT-TENDS !!!
PRU-DENCE, QUAND MÊME...
NE TOMBEZ PAS !
ON DIRAIT DES GOSSES !
FSH
SPLASH

HA HA HA HA HA HA HA HA !
ÇA DEVRAIT ENLEVER LA CRAIE QUE T'AS SUR LE VISAGE !
AVEC ÇA, TU SERAS NORMAL !
MON MANUEL !
OUF, IL N'EST PAS MOUILLÉ...
ZUT, ÇA N'A PAS MARCHÉ !
C'EST NATUREL, ALORS ?
TAC
EN PLEIN DANS LE MILLE !
PSST
FSST
IL FAUDRAIT PEUT-ÊTRE QU'ON INTERVIENNE...
POURQUOI ? C'EST PAS BIEN MÉCHANT...
ET PUIS, C'EST LE GAMIN AUX OREILLES POINTUES ...
QU'EST-CE QU'IL Y A ?
T'ES PAS CONTENT ?

ROLL
ROLL
C'EST PAS SYMPA DE NOUS IGNORER...
ON T'A RENDU SERVICE, QUAND MÊME !
IL PLEURE...
JE M'EN FICHE...
TAP
TAP
DE TOUTE FAÇON...
UN JOUR...
LE HÉROS...
TAP
TA SŒUR EST VRAIMENT UNE IDIOTE !
ON SE DEMANDE POURQUOI ELLE T'ENVOIE À L'ÉCOLE...
COMME SI ÇA ALLAIT CHANGER QUELQUE CHOSE !

GLOP
パカ
パカ
GLOP
PFFRT
ブルル
...
QU'EST-CE QUI SE PASSE, BIROH ?
TAP
ざっ
OH !
CRR
ぎゅ
ELLE SE TUE À LA TÂCHE...
POUR QUE J'AIE LA CHANCE D'ÉTUDIER ...
VOUS POUVEZ M'INSULTER AUTANT QUE VOUS VOULEZ...

MAIS JE VOUS INTER-DIS...
DE VOUS MOQUER DE MA SŒUR !
...
PARLE PLUS FORT !
PLAF
J'AI RIEN ENTENDU !
FSH
DÉCHIREZ SON MANUEL, IL NE POURRA PLUS VENIR EN CLASSE !
!
ARRÊTEZ !
ÇA COÛTE CHER !
HA HA !
POF
HEIN ?
MAIS ...

QU'EST-CE QU...
C'EST NORMAL DE SE DISPUTER...
QUAND ON N'A PAS LES MÊMES IDÉES...
PARFOIS, C'EST MÊME NÉCESSAIRE !
MAIS CE N'EST PAS BIEN DE SE METTRE À PLUSIEURS CONTRE UN SEUL ADVERSAIRE...
UN COMBAT, ÇA DOIT ÊTRE À ARMES ÉGALES !

AAAH !
C'EST QUOI CETTE BÊTE IMMENSE ?!
SAUVEZ-VOUS !
AU SE-COURS !
TAP
...
AH ...
M... MERCI ...
B... BEAUCOUP ...
C'EST BIEN UN VILLAGE HURON, ICI ?
TU AS UNE DRÔLE D'ALLURE, PAR RAPPORT AUX AUTRES HA-BITANTS...
FSH
VOUS AUSSI ...
VOUS VOUS MOQUEZ DE MES OREILLES ?
QU'EST-CE QUE TU RA-CONTES ?
PAS DU TOUT !

LE HÉROS D'UNE HISTOIRE EST TOUJOURS UN PEU DIFFÉRENT...
C'EST CE QUI LE REND SPÉCIAL, NON ?
HEIN ?
QU'EST-CE QUE TU FABRIQUES ?
RIEN, PARDON ...
JE M'APPELLE SEDONA !
ON SE REVERRA !

ON NE PASSE PAS INAPERÇUES...
TOUT LE MONDE NOUS OBSERVE...

L'ENFANT ÉTAIT CONVAINCU ...
VOUS AVEZ VU ?
CE SONT DES KAHUNAS !
AH ...
AH BON ?
QU'UN BEAU JOUR...
LE HÉROS ...

VIENDRAIT...
LE CHERCHER !

KUKUO

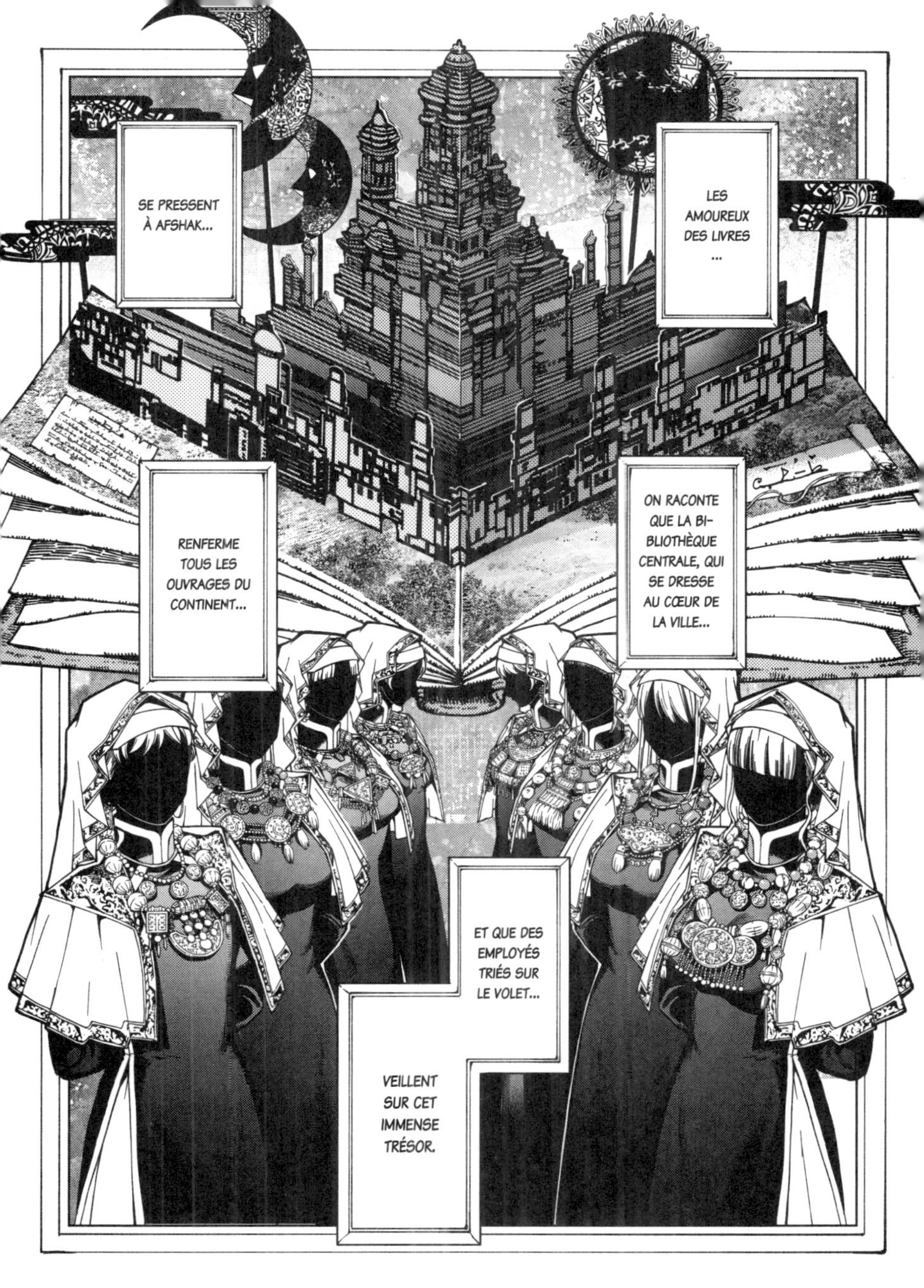
LES AMOUREUX DES LIVRES ...
SE PRESSENT À AFSHAK...
ON RACONTE QUE LA BI-BLIOTHÈQUE CENTRALE, QUI SE DRESSE AU CŒUR DE LA VILLE...
RENFERME TOUS LES OUVRAGES DU CONTINENT...
ET QUE DES EMPLOYÉS TRIÉS SUR LE VOLET...
VEILLENT SUR CET IMMENSE TRÉSOR.

ON LES APPELLE LES KAHUNAS...

2
Un héros monté sur un cheval noir

VOUS DEVEZ ÊTRE ÉPUISÉS, APRÈS CE LONG VOYAGE...
NOUS SOMMES DÉSOLÉS DE NE PAS AVOIR PLUS À VOUS OFFRIR !
TROP BEAU !
NE VOUS TRACASSEZ PAS POUR NOUS...
NOUS N'AVONS PAS L'INTENTION DE VOUS GÊNER DANS VOTRE TRAVAIL !
COMME NOUS VOUS L'AVONS DIT DANS NOTRE LETTRE, L'INSPECTION DE VOTRE ÉTABLISSEMENT N'EST PAS LE PRINCIPAL OBJECTIF DE CETTE EXPÉDITION...
MAIS PUISQUE NOUS ALLONS SÉJOURNER ICI QUELQUE TEMPS, NOUS VOUS SERIONS RECONNAISSANTES DE NOUS RECOMMANDER UNE AUBERGE ...
ANZU KAVISHIMAF, DÉPARTEMENT DES AFFAIRES EXTÉRIEURES DE LA BIBLIOTHÈQUE CENTRALE.
BIEN ENTENDU ! LA MEILLEURE DU VILLAGE !

VOUS VOUS DEMANDEZ SANS DOUTE POURQUOI LE DIRECTEUR SE MONTRE AUSSI OBSÉQUIEUX...
JE M'EN OCCUPE IMMÉDIATEMENT...
DÉPÊCHEZ-VOUS DE LEUR TROUVER UN PLAN !
C'EST UN COMMERÇANT AVANT TOUT, IL EST SOUVENT AFFABLE... MAIS SON ATTITUDE N'EST PAS DÉSINTÉRESSÉE...
CAR LA BIBLIOTHÈQUE CENTRALE ENTRETIENT DES RELATIONS AVEC SES PETITES SŒURS DE PROVINCE !
AU TEMPS DE NOTRE RÉCIT, POSSÉDER DE NOMBREUX LIVRES ÉTAIT SYNONYME DE PRESTIGE...
IL ÉTAIT DE BON TON D'AVOIR UN CABINET DE LECTURE BIEN REMPLI ; NOBLES ET MARCHANDS FORTUNÉS COLLECTIONNAIENT LES OUVRAGES.
AFIN QUE LA LECTURE SOIT ACCESSIBLE À TOUS, LA BIBLIOTHÈQUE CENTRALE OUVRAIT DES ÉTABLISSEMENTS SUR TOUT LE CONTINENT...
ET EN CONFIAIT LA GESTION À DES NOTABLES LOCAUX QU'ELLE SOUTENAIT FINANCIÈREMENT ET QU'ELLE FORMAIT...
AIDE FINANCIÈRE ET PRÊT DE LIVRES.
EN ÉCHANGE, LES BÉNÉFICIAIRES DEVAIENT RESPECTER DES RÈGLES TRÈS STRICTES.
RESPECT DES PRINCIPES DE GESTION.
LA BIBLIOTHÈQUE D'AMUN AVAIT ÉTÉ CONSTRUITE...
AVEC L'AIDE D'AFSHAK !

JE VOIS QUE LA FRÉQUENTATION N'A PAS AUGMENTÉ...
IL Y A À PEINE UN AN QUE NOUS AVONS OUVERT...
ET À LA CAMPAGNE, BEAUCOUP DE GENS SONT ANALPHABÈTES...
C'EST VRAI...
ET J'IMAGINE QUE MÊME CEUX QUI SAVENT LIRE N'ONT PAS ENCORE PRIS L'HABITUDE DE VENIR RÉGULIÈREMENT...
IL NE SUFFIT PAS DE CONSTRUIRE UNE BIBLIOTHÈQUE...
POUR QUE LA LECTURE ENTRE DANS LES MŒURS...
TOUT À FAIT !
IL EST IMPORTANT DE FAMILIARISER LES ENFANTS...
AVEC LE MONDE DES LIVRES ! APRÈS TOUT, CE SONT LES ADULTES DE DEMAIN...
CE QUI ME PRÉOCCUPE, C'EST QUE CERTAINS VOLUMES SONT ENDOMMAGÉS...
ET QU'ILS N'ONT PAS ÉTÉ RÉPARÉS CORRECTEMENT !
NANAKO !
TU SAIS BIEN QUE LE PERSONNEL DE PROVINCE N'A PAS FORCÉMENT LES COMPÉTENCES NÉCESSAIRES...
ET QUE LA MAIN-D'ŒUVRE FAIT SOUVENT DÉFAUT...
LA PLUPART DES ÉTABLISSEMENTS EMPLOYAIENT SIMPLEMENT DES FEMMES SACHANT LIRE ET ÉCRIRE...
CAR ILS N'AVAIENT PAS LES MOYENS D'EMBAUCHER DES HOMMES.
HAA...
DÉSOLÉE...

* PAPIER TRÈS FIN À BASE DE FIBRES DE MÛRIER.

FRSH
FRSH
VOUS AVEZ COUPÉ LE PAPIER DE DOUBLAGE AVEC UNE LAME, N'EST-CE PAS ?
OUI, ON A PENSÉ QUE CE SERAIT PLUS NET...
LE PROBLÈME, C'EST QU'ON VOIT TOUT DE SUITE QUE LA PAGE A ÉTÉ RÉPARÉE !
IL FAUT TOUJOURS LE DÉCHIRER À LA MAIN...
LE RÉSULTAT EST BEAUCOUP PLUS DISCRET !
ON ENCOLLE LE PAPIER EN BROSSANT DANS LE SENS DES FIBRES ...
FRSH
ON CHOISIT L'ENDROIT OU L'ENVERS DE LA FEUILLE, LÀ OÙ CELA GÊNERA LE MOINS...
ON APPLIQUE LA BANDE SUR LA DÉCHIRURE...
PUIS ON APPUIE FERMEMENT À L'AIDE D'UNE BOULE DE COTON, QUI ABSORBE ÉGALEMENT L'EXCÈS D'HUMIDITÉ !
テキパキ FSH
テキパキ
FSH
IL NE FAUT RIEN NÉGLIGER, SANS QUOI LES LECTEURS SUIVANTS NE RESPECTERONT PAS LE LIVRE. C'EST UN CERCLE VICIEUX...
À L'OPPOSÉ, QUAND LES OUVRAGES SONT BIEN ENTRETENUS, ÇA ENCOURAGE LE PUBLIC À EN PRENDRE SOIN !

ELLE TRAVAILLE VITE ET BIEN...
ON VOIT QU'ELLE VIENT DE LA BIBLIOTHÈQUE CENTRALE !
ON INSÈRE UNE FEUILLE DE PAPIER CARTONNÉ, PUIS ON PLACE UN POIDS...
C'EST LE TYPE DE RÉPARATION LE PLUS COURANT !
JE SUIS ALLÉE AUSSI LENTEMENT QUE POSSIBLE...
J'ESPÈRE QUE VOUS AVEZ COMPRIS LE PRINCIPE !
?!
VOUS TROUVEZ ÇA LENT ?!
VRAIMENT ?!
DÉSOLÉE... C'ÉTAIT TROP RAPIDE ?
DANS CE CAS, ON REPREND...
TOUS LES KAHUNAS APPRENNENT CETTE TECHNIQUE PENDANT LEUR FORMATION...
MAIS COMME JE ME SUIS SPÉCIALISÉE EN RESTAURATION, JE NE ME RENDS PAS COMPTE...
D'HABITUDE, ÇA VOUS PREND COMBIEN DE TEMPS ?
SI VOUS VOULEZ, JE PEUX VOUS MONTRER AVEC LES LIVRES QUI RESTENT...
FRSH FRSH FRSH FRSH
FSH
TAC TAC
FUIT
FRSH FRSH FRSH FRSH
POF POF POF POF POF
DANS L'IDÉAL, IL FAUDRAIT QUE VOUS ARRIVIEZ À ATTEINDRE CETTE VITESSE...
IL Y A TELLEMENT D'OUVRAGES QUI ATTENDENT D'ÊTRE RÉPARÉS !
AUCUNE CHANCE !
JE SUIS RELATIVEMENT NOUVELLE, MES COLLÈGUES SONT BEAUCOUP PLUS RAPIDES !

NON !
NON !
NON !
JE VEUX LIRE LA SUITE !!
SOIS RAISONNABLE !
LE BIBLIOTHÉCAIRE A DIT QU'IL Y AVAIT UNE LISTE D'ATTENTE POUR LES NOUVELLES AVENTURES DU PIRATE !
NON !
TAP
TAP
JE...
PEUX...
PAS...
ATTENDRE !
GH...
ARRÊTE DE TE ROULER PAR TERRE !
SEULEMENT SI TU M'ACHÈTES LA SUITE !
ON N'A PAS LES MOYENS, ENFIN !!
C'EST TROP CHER !!
AAAAH !
AAAAH !
AAAAH !

JE COMPRENDS CE QUE TU RESSENS …
MOI AUSSI, JE SAIS CE QUE C'EST D'AVOIR ENVIE DE LIRE LA SUITE D'UN ROMAN…
PARFOIS, J'AIMERAIS OUBLIER TOUTE L'HISTOIRE POUR RECOMMENCER DEPUIS LE DÉBUT !
FUIT
FUIT
うん
うん
T'ES QUI, TOI ?!
QUELQU'UN D'AILLEURS ?!
SOIS POLI !
JE M'APPELLE SEDONA, JE VIENS D'UNE LOINTAINE BIBLIOTHÈQUE…
ET J'AIMERAIS T'AIDER À RÉSOUDRE TON PROBLÈME !
SEDONA BLUE, DÉPARTEMENT PROTECTION DE LA BIBLIOTHÈQUE CENTRALE.
TU PEUX ME FAIRE PASSER DEVANT TOUT LE MONDE ?!
NON, C'EST CHACUN SON TOUR…
ALORS À QUOI TU SERS ?!
ON NE PARLE PAS COMME ÇA !
JE SUIS DÉSOLÉE, IL EST TELLEMENT MAL ÉLEVÉ…
PAF
AÏE !
CE N'EST RIEN…
JE VAIS T'EXPLIQUER COMMENT SUPPORTER L'ATTENTE…
C'EST POSSIBLE, ÇA ?

QU'EST-CE QUE TU PRÉFÈRES ? UN RÉCIT QUI SE DÉROULE DANS UNE ÉCOLE DE SORCIERS ?
L'HISTOIRE DU PETIT FRÈRE D'UN ALCHIMISTE ?
OU CELLE DU GUERRIER QUI OSA AFFRONTER UN GÉANT ?
FUIT
BIEN SÛR ! IL SUFFIT D'EMBARQUER POUR DE NOUVELLES AVENTURES !
AAAH !!
CE SONT LES EXPLOITS DE SHAGRAZAT QUI M'INTÉRESSENT, MOI !
TU NE LE SAIS PAS ENCORE...
MAIS IL Y A PLEIN D'AUTRES LIVRES PASSIONNANTS !
NE TOUCHE PAS LES GENS AVEC TES MAINS SALES !
EN ROUTE POUR UN NOUVEAU MONDE !
OUI !
VOS BEAUX VÊTEMENTS VONT ÊTRE TOUT CROTTÉS !
MON FILS EST UN VRAI COCHON...

CE N'EST PAS GRAVE ! JE TROUVE ÇA MERVEILLEUX QU'UN ENFANT AIT ENVIE DE LIRE AU POINT DE SE ROULER PAR TERRE !
QUELLE PERSONNE SINGULIÈRE...
JE PENSAIS QUE LES KAHUNAS SERAIENT PLUS... COMMENT DIRE... DIGNES...
SE-DONA ?!
CE N'EST PAS UNE SALLE DE JEUX, ICI !
LA BIBLIOTHÈQUE CENTRALE...
REMPLIT DE NOMBREUSES FONCTIONS, DE LA GESTION ET DE LA SUPERVISION À LA DIFFUSION DES OUVRAGES AUPRÈS DU PUBLIC...
ELLE DÉTIENT MÊME UN EXEMPLAIRE DE TOUS LES LIVRES DU CONTINENT !
POUR Y TRAVAILLER, IL FAUT PASSER UN CONCOURS TRÈS EXIGEANT...
LES CANDIDATS VIENNENT PARFOIS DE TRÈS LOIN, MAIS SEULS LES MEILLEURS SONT SÉLECTIONNÉS.
SES BIBLIOTHÉCAIRES JOUISSENT D'UN STATUT PARTICULIER...
ON LES APPELLE LES "KAHUNAS", LES SPÉCIALISTES DU SAVOIR.
CES GENS VIENNENT... DE LA CITÉ DES LIVRES ?
FUIT
?!
POF
QU...
AAH !

KEKO !
LAISSE-LE TRANQUILLE, KEKO !
SAKIYA...
FUIT
JE NE PENSE PAS QUE TU POURRAS ENTRER AUJOURD'HUI, MON PÈRE N'A PAS L'AIR DE VOULOIR PARTIR...
MAIS DEMAIN, IL SERA LOIN TOUTE LA JOURNÉE !
AH BON ?
DOMMAGE...
SAKIYA MÉNÈS, FILLE DU DIRECTEUR DE LA BIBLIOTHÈQUE.
TU EN ES OÙ DES AVENTURES DE SHAGRAZAT ?
JUSTE AU MOMENT OÙ LE PRINCE KINO VA REJOINDRE LA BANDE !
PSST, PSST
LE CHAPITRE SUR LE ROYAUME ÉTAIT INTÉRESSANT, NON ?
SI, J'AI ADORÉ !
JE FILE AVANT QUE TON PÈRE ME VOIE !
D'ACCORD...
C'EST VRAIMENT GENTIL DE TOUJOURS ME LAISSER ENTRER !
TAP
...
...
HUMPF...
QUOI ?!

TSS...
JE SUIS SUR LES ROTULES...
J'ESPÈRE QUE LES KAHUNAS NE VONT PAS S'ÉTERNISER !
PSST
LA BIBLIOTHÈQUE CENTRALE VOUDRAIT QU'ON INCITE LES ENFANTS À LA LECTURE...
MAIS LES GAMINS NE RESPECTENT PAS LES OUVRAGES...
PSST
D'AILLEURS, ILS NE COMPRENNENT MÊME PAS CE QU'ILS LISENT !
SAUF MA FILLE CHÉRIE...
ELLE EST INTELLIGENTE, ELLE !
SI CE SHAGRATRUC A TANT DE SUCCÈS, C'EST À CAUSE DES FONCTIONNAIRES D'AFSHAK...
ILS FERAIENT MIEUX DE SE MÊLER DE CE QUI LES REGARDE !
PSST
PSST
LES LIVRES ONT TOUJOURS ÉTÉ RÉSERVÉS AUX HOMMES D'ESPRIT...
COMME MOI !
OÙ ÊTES-VOUS ?
MONSIEUR LE DIRECTEUR ! J'AI QUELQUES QUESTIONS AU SUJET DE L'INVENTAIRE !
J'ARRIVE !
JE SUIS À VOUS DANS UNE MINUTE !
FRSH

CUI
ピュ
CUI
J'AURAIS AIMÉ DISCUTER UN PEU PLUS AVEC SAKIYA...
TAP
テッ
TAP
テッ
VIOUUU
ヒュッ
LES NUKUS VOLENT BAS...
FRSH
FRSH

TU CROIS QUE CE SONT LES BAGAGES DES VOYAGEURS ?
C'EST SÛR !
ILS SONT PARTIS EN LES LAISSANT LÀ...
TAP
コッ
コッ
TAP
ILS ONT L'AIR DE VENIR DE LA VILLE, IL DOIT Y AVOIR DES TRUCS INTÉRESSANTS, LÀ-DEDANS...
VIENS, ON VA FOUILLER LES SACS !
DOOOOM
ゴゴ
TAP
TAP
GLOUPS
ON LAISSE TOMBER ?

JE ME DEMANDE ...
SI LES KAHUNAS LISENT DES LIVRES POUR LE TRAVAIL...
ÇA DOIT ÊTRE BIEN !
HI HI !
!
!
TIENS ...
HIII
KIII
TAP
!
EUH ...
JE...
GLOUPS

MERCI DE M'AVOIR AIDÉ, TOUT À L'HEURE !
HI!!
...
...
JE DOIS Y ALLER...
SALUT !
TU ES BEAU ...

VIOUUU
FRSH
FRSH
QUAND EST-CE QUE LES KAHUNAS REVIENNENT ?
HIII
HIII
POF
ドカッ
TU N'EN SAIS RIEN, C'EST ÇA ?
Z
Z
Z
Z
スピー
FIUUU
スピー
FIUUU
FUIT

TAC
BON
...
FUIT
BOBOM
BOBOM
FRSH
...
FRSH
"PROTÉGER LES LIVRES...
C'EST TOUT SIMPLEMENT...
PROTÉGER LE MONDE."
FRSH
FRSH

FSH
ズ..

FUIT
C'ÉTAIT
JE SUIS ...
TROP FORT !
MOINS
UNE !

LE RÉCIT VENAIT TOUT JUSTE DE COMMENCER ...
IL NE S'ÉTAIT ENCORE RIEN PASSÉ...
POURTANT, L'ENFANT VENAIT DE VERSER UNE LARME...
DIS DONC ! ÇA NE SE FAIT PAS...
DE LIRE LES LIVRES DES GENS SANS LEUR PERMISSION !
MOI ...
FSH
!!
E...
EXCUSEZ..
?!!
Yes!!
SI TU VOYAIS TA TÊTE !
HI HI HI!

À EN CROIRE TON EXPRESSION ...
TU N'AS JAMAIS VU DE COCOPA !
PIPILI PILBERRY.
EN FAIT...
JE...
FSH FSH
JE SAIS !
JE T'OBSERVE DEPUIS LE DÉBUT !
JE SURVEILLAIS LES BAGAGES...
HEIN ?!
D'AILLEURS, LA PERSONNE À QUI APPARTIENT CET OUVRAGE EST DE RETOUR...
ON A TROUVÉ UNE AUBERGE...
ON VA Y DÉPOSER NOS AFFAIRES !
OH !
TIENS ?
C'EST LE GARÇON DE TOUT À L'HEURE...
QU'EST-CE QU'IL FAIT AVEC MON LIVRE ?

COMME TU L'AVAIS OUBLIÉ SUR LE BANC...
IL EN A PROFITÉ...
POUR GRIBOUILLER DESSUS !
?!!!
EUH... CE N'EST...
CLAC CLAC
PAS... VRAI...
CLAC CLAC
TU N'AS PAS HONTE DE TAQUINER UN ENFANT ?
IL TREMBLE COMME UNE FEUILLE !
HI HI HI !
TU NE M'AS PAS CRUE ?
SA TÊTE EST TROP RIGOLOTE !
CLAC CLAC CLAC CLAC
JE LE SURVEILLAIS DANS L'ESPOIR DE LE DISPUTER...
MAIS IL EST RESTÉ ASSIS LÀ, À LIRE BIEN SAGEMENT !
POURQUOI TU NE PEUX PAS T'EMPÊCHER DE TESTER LES GENS ?
C'EST CRUEL !
E... EXCUSEZ-MOI...
J'AI REMARQUÉ LE LIVRE EN PASSANT...
JE N'AURAIS PAS DÛ L'OUVRIR SANS VOTRE PERMISSION !
MAIS IL VA PLEUVOIR...
ET JE NE VOULAIS PAS QU'IL SOIT MOUILLÉ...
!

IL N'Y A PAS LE MOINDRE NUAGE...
CUI CUI
JE SAIS, MAIS...
QUAND IL VA PLEUVOIR, LES OISEAUX VOLENT BAS...
POUR CHERCHER À MANGER !
QU'EST-CE QU'IL RACONTE ?
JE VOIS...
QUAND L'HUMIDITÉ AUGMENTE EN ALTITUDE, LES INSECTES ONT DE PLUS EN PLUS DE MAL À VOLER...
LEUR PETITE TAILLE LES REND PARTICULIÈREMENT SENSIBLES À CES CHANGEMENTS...
APRÈS TOUT, LES FOURMIS BOUCHENT L'ENTRÉE DE LEURS TUNNELS QUAND ELLES SENTENT LA PLUIE ARRIVER !
LA BRUME S'ÉLÈVE DANS LE GRAND ARBRE DU VILLAGE, FAISANT FRÉMIR LES FRONDAISONS...
VSHH
ON NE PEUT PAS LE VOIR D'OÙ NOUS SOMMES, MAIS LÀ-HAUT, DANS LES AIRS, UN VENT PUISSANT APPORTE DES NUAGES CHARGÉS DE PLUIE...
FRSH
FRSH
IL FAUT S'ATTENDRE À UNE AVERSE BRÈVE, MAIS INTENSE...
J'AURAIS MIS VOTRE LIVRE À L'ABRI SI LA PLUIE AVAIT COMMENCÉ À TOMBER AVANT VOTRE RETOUR ...
IL Y A UNE HEURE QUE JE SUIS ICI, ALORS ÇA NE DEVRAIT PLUS TARDER !

TU ATTENDAIS UNE HEURE PRÉCISE ?
JE N'AI PAS L'IMPRESSION QU'IL SE SOIT ÉCOULÉ TANT DE TEMPS...
TU ES SÛR QUE TU NE TE TROMPES PAS ?
JE N'AI PAS ENTENDU DE CLOCHES, ET TU N'AS PAS L'HEURE !
C'EST VRAI...
MAIS...
L'ORIENTATION DES OMBRES PERMET DE SAVOIR L'HEURE QU'IL EST...
COMME JE PERDS LA NOTION DU TEMPS QUAND JE LIS...
J'AVAIS POSÉ UN REPÈRE...
BONNE IDÉE !
ÇA PERMET DE MESURER LE TEMPS SANS LEVER LES YEUX VERS LE CIEL...
QUOI ?!
TU ES FUTÉ, POUR TON ÂGE !
KIU
ÉTRANGE...
CE LIVRE...
PETIT EFFRONTÉ !
POF
PRENDS ÇA !
AÏE !
ARRÊTEZ !

ぽっ PLIC
PLIC ぽっ
VSHHH
IL S'EST VRAIMENT MIS À PLEUVOIR...
D'UN SEUL COUP, EN PLUS !
JE TE REMERCIE D'AVOIR VEILLÉ SUR MON LIVRE...
J'Y TIENS COMME À LA PRUNELLE DE MES YEUX !
SI TU N'AVAIS PAS ÉTÉ LÀ, IL AURAIT PU ÊTRE MOUILLÉ...
ET GRÂCE À TOI, NOS BAGAGES AUSSI SONT BIEN AU SEC !
MERCI !

AH...
DE RIEN !
C'EST NORMAL...
L'ENFANT...
NE SE SOUVENAIT PAS DE LA DERNIÈRE FOIS...
OÙ QUELQU'UN D'AUTRE QUE SA SŒUR L'AVAIT REMERCIÉ.
PFF...
BOMBE LE TORSE, TU AS FAIT UNE BONNE ACTION !
POF POF
POF POF
AU SE-COURS !
POUR UNE FOIS, JE SUIS D'AC-CORD AVEC PIPILI...
COMMENT ÇA, "POUR UNE FOIS" ?!
HEIN ?!
HA HA HA HA !
J'AI DÉCIDÉ DE TE RÉCOM-PENSER...
ÇA NE M'ARRIVE PAS SOU-VENT... C'EST UN GRAND PRIVILÈGE !
IL N'Y A PAS DE QUOI ÊTRE FIÈRE !
TU VEUX...
QUE JE TE MASSE LES ÉPAU-LES ?
À SON ÂGE, ÇA M'ÉTON-NERAIT...
EUH...
EH BIEN...
JE M'INTÉ-RESSE À LA CITÉ DES LIVRES...
EST-CE QUE VOUS POURRIEZ ME DIRE...
SI C'EST VRAI QU'ON TROUVE TOUS LES OUVRAGES DU CONTINENT À AFSHAK ?
EN FAIT...
JE T'AURAIS RÉPONDU MÊME SI TU NE NOUS AVAIS PAS RENDU SER-VICE...

FUIT ほう FUIT ほう
JE TROUVE ÇA ADMIRABLE QUE TU T'INTÉRESSES À LA BIBLIOTHÈQUE CENTRALE...
MOI AUSSI !
MAIS LA RÉPONSE À TA QUESTION EST NON !
PAS ENCORE !!
AH BON ?!
LA VÉRITÉ, C'EST QU'ON S'EFFORCE DE LES RASSEMBLER...
QUAND ON ENTEND PARLER D'UN NOUVEAU TEXTE, ON PART À SA RECHERCHE...
C'EST LE TRAVAIL DES KAHUNAS...
ENFIN, DE CERTAINS !
VOUS TROUVEZ DES LIVRES ?
OUI, ET DE TRÈS ANCIENS...
MAIS ATTENTION, J'AI PARLÉ DE TEXTES, PAS DE LIVRES !
ON NE SE LIMITE PAS À UNE SEULE FORME !
C'EST QUOI...
LA DIFFÉRENCE ?
TU VEUX VRAIMENT SAVOIR ?
PING
きゅぴーん
TRÈS BIEN, PETIT ...
LE PROFESSEUR PIPILI VA SATISFAIRE TA CURIOSITÉ !
D'OÙ SORTENT CES ACCESSOIRES ?

FSH
QU'EST-CE QUE C'EST ?
UNE STÈLE !
QUELQU'UN Y A GRAVÉ DES INFORMATIONS SUR LE LIEU OÙ ELLE SE DRESSE...
ELLE N'A RIEN D'UN LIVRE...
MAIS ELLE REMPLIT LA MÊME FONCTION : TRANSMETTRE UNE PENSÉE AU PLUS GRAND NOMBRE !
C'EST À ÇA QUE RESSEMBLAIENT LES PREMIERS ÉCRITS...
ÉVIDEMMENT, TOUT LE MONDE S'EST DIT...
QUE CE SERAIT BEAUCOUP PLUS COMMODE SI ON POUVAIT TRANSPORTER TOUT ÇA...
C'EST ALORS QUE SONT APPARUES....
LES TABLETTES D'ARGILE ET DE BOIS !
ELLES ONT ÉTÉ PRODUITES EN GRAND NOMBRE...
POUR GARDER UNE TRACE DE CHIFFRES TELS QUE LE TEMPS DE TRAVAIL OU LES SALAIRES DES TRAVAILLEURS...
CELA DIT, ELLES RESTAIENT VOLUMINEUSES ET DIFFICILES À MANIPULER...
NOS ANCÊTRES AVAIENT BESOIN D'UN SUPPORT ENCORE PLUS PRATIQUE !

ALORS ILS ONT EU L'IDÉE DE COUDRE DES PEAUX D'ANIMAUX TRÈS FINES ENTRE ELLES POUR FORMER DES ROULEAUX... C'ÉTAIT RÉVOLUTIONNAIRE !
LES "VOLUMINA" !
ON POUVAIT ÉCRIRE ÉNORMÉMENT DE CHOSES SUR UN OBJET TRÈS COMPACT...
CE QUI, PLUS TARD, A PERMIS AU ROMAN D'APPARAÎTRE...
ET AUX BIBLIOTHÈQUES DE PROSPÉRER !
MAIS CE FORMAT AVAIT AUSSI SES INCONVÉNIENTS...
IL N'ÉTAIT PAS FACILE D'ACCÉDER AU MILIEU DU TEXTE...
ET DE MAINTENIR LE VOLUMEN OUVERT ...
ON AVAIT BESOIN DE SES DEUX MAINS POUR LIRE.
UN GÉNÉRAL QUI NE TROUVAIT PAS CE SYSTÈME TRÈS PRATIQUE...
A EU L'IDÉE DE PLIER LES PARCHEMINS SUR LESQUELS IL ÉCRIVAIT SES DIRECTIVES EN ACCORDÉON...
C'ÉTAIT L'ANCÊTRE DU LIVRE !!
TOUS CES TÂTONNEMENTS ONT ABOUTI À UN SUPPORT SOLIDE, FACILE À TRANSPORTER...
CAPABLE DE CONTENIR BEAUCOUP D'INFORMATIONS, ON PEUT L'OUVRIR À N'IMPORTE QUEL PASSAGE !
JE SUIS TELLEMENT HABITUÉ À VOIR DES LIVRES QUE JE NE M'ÉTAIS JAMAIS POSÉ DE QUESTION SUR LEUR HISTOIRE...

MALHEUREUSEMENT...
QUELLE QUE SOIT LEUR FORME, LES TEXTES ONT DE NOMBREUX ENNEMIS !
LES INCENDIES !
LES ANIMAUX NUISIBLES !
LES VOLEURS !
CRIII
MAIS AUSSI... LA GUERRE !
LES BIBLIOTHÈQUES NE SE CONTENTENT PAS DE PRÊTER DES LIVRES !
ELLES CONSERVENT TOUTES SORTES DE TEXTES...
ET LES PROTÈGENT CONTRE LES AGRESSIONS...
TELLES DE VÉRITABLES FORTERESSES !
C'EST ÇA...
LA MISSION DE LA BIBLIOTHÈQUE CENTRALE D'AFSHAK !!
TADAM

QUELLE PERFORMANCE !
MERCI !
C'ÉTAIT MERVEILLEUX !
MERCI !
PFIOU PFIOU
BRAVOOO !
CLAP
CLAP
CLAP
PROTÉGER…
LES TEXTES…
NOS ANCÊTRES SE DONNAIENT BEAUCOUP DE PEINE POUR GRAVER UNE SEULE PIERRE…
SI CETTE DERNIÈRE ÉTAIT BRISÉE PAR ACCIDENT…
TOUS LEURS EFFORTS ÉTAIENT RÉDUITS À NÉANT…
ET LEUR PENSÉE ÉTAIT PERDUE À JAMAIS !
C'EST POUR ÇA QU'ON S'EFFORCE DE RASSEMBLER TOUS LES ÉCRITS…
QUITTE À SE RETROUVER DANS DES COINS PERDUS COMME ICI !
TU NE PENSAIS QUAND MÊME PAS QU'ON PASSAIT TOUT NOTRE TEMPS À BOUQUINER ?
FSH
GLOUPS
UN MAGE A DIT…
QUE PROTÉGER LES LIVRES…
C'ÉTAIT TOUT SIMPLEMENT PROTÉGER LE MONDE…

C'EST ÉCRIT...
DANS CE VOLUME...
EN EFFET...
AU TOUT DÉBUT !
JE ME DEMANDE COMMENT J'AI PU L'OUBLIER SUR UN BANC...
ALORS QU'IL COMPTE TANT POUR MOI !
D'HABITUDE, J'AI TROP PEUR DE LE PERDRE POUR SORTIR AVEC...
ET POURTANT, J'AI EU ENVIE DE LE PRENDRE AVEC MOI POUR CE LONG VOYAGE...
À NOTRE ARRIVÉE, MA PRIORITÉ A ÉTÉ DE SOULAGER LES ANIMAUX DE LEUR FARDEAU...
TU AS BIEN TRA-VAILLÉ !
CETTE PLACE M'A PARU IDÉALE CAR ELLE N'ÉTAIT PAS TRÈS PAS-SANTE...
J'AI DÛ LE SORTIR EN DÉCHAR-GEANT LES BAGAGES...
ET LE LAISSER SANS DÉ-FENSE...
EN TEMPS NOR-MAL, CE SERAIT TOTALEMENT IMPENSABLE...
POURTANT, AUJOUR-D'HUI...
C'EST ARRIVÉ !

CE N'EST QU'UNE SUP-POSITION...
MAIS PEUT-ÊTRE ...
QU'IL A EU ENVIE QUE TU LE LISES !
MOI ?
OUI !
TU ÉTAIS PEUT-ÊTRE DESTINÉ À LE FEUILLETER ICI ET MAIN-TENANT !
VOUS CROYEZ ?!
NE L'ÉCOUTE PAS !
C'EST JUSTE UNE VRAIE TÊTE DE LINOTTE !
N'IMPORTE QUOI !
SEDONA ADORE INVENTER DES HIS-TOIRES !
JE RE-CONNAIS ...
QUE JE NE FAISAIS PAS TRÈS ATTENTION ...
MAIS TU NE PENSES PAS QUE CE SERAIT TRISTE DE CONSIDÉRER CETTE MÉSA-VENTURE...
COMME UNE SIMPLE ERREUR ?

C'EST
BIEN PLUS
EXCITANT...
DE SE DIRE
QUE C'ÉTAIT LE
DESTIN, NON ?
QUOI ?!
QUEL CINÉMA !!
PTEUH
!

BYE-BYE !
JE NE VOYAIS PLUS LES LETTRES...
TOUT EST DEVENU FLOU...
ET UN PAYSAGE EST APPARU DEVANT MES YEUX...
C'ÉTAIT INCROYABLE !
À CE MOMENT-LÀ...
J'ÉTAIS DANS LE LIVRE !

UN NOUVEAU LIVRE, C'EST UNE PORTE SUR L'INCONNU...
DERRIÈRE LA COUVERTURE SE CACHE UN MONDE NEUF...
ON JETTE UN COUP D'ŒIL...
ON HÉSITE À S'Y PLONGER...
CAR ON SAIT QUE SI ON FRANCHIT LE PAS, ON NE POURRA PAS EN SORTIR AVANT UN MOMENT...
ALORS QU'ON A DES DEVOIRS ET DU MÉNAGE À FAIRE...
MAIS, QUE LE LECTEUR LE VEUILLE OU NON, QUAND L'HISTOIRE EST ORIGINALE...
C'EST COMME SI UNE PUISSANCE MYSTÉRIEUSE...

L'Y
PRÉCIPITAIT !

JE VOUDRAIS LIRE PLEIN DE LIVRES !!

Magus of the Library

KEKO

LA GRANDE BIBLIOTHÈQUE COMPORTE 12 DÉPARTEMENTS, DONT TROIS SONT REPRÉSENTÉS DANS CETTE EXPÉDITION...
DÉPARTEMENT PROTECTION : SEDONA BLUE (17 ANS)...
ÉTOILE MONTANTE DU DÉPARTEMENT PROTECTION. SES GRANDES TIRADES ENFLAMMÉES NE FONT PAS L'UNANIMITÉ.
DÉPARTEMENT DES AFFAIRES EXTÉRIEURES : ANZU KAVISHIMAF (33 ANS)...
TOUJOURS SOURIANTE, ELLE EST MÈRE DE SIX ENFANTS. APPAREMMENT, MIEUX VAUT NE PAS LA METTRE EN COLÈRE...
DÉPARTEMENT RESTAURATION : PIPILI PILBERRY (22 ANS)...
KAHUNA DU PEUPLE DES COCOPA. ELLE FAIT SOUVENT LE PITRE, MAIS C'EST UNE AS DE LA RESTAURATION.
DÉPARTEMENT RESTAURATION : NANAKO WATORU (17 ANS)...
AMATRICE DE LITTÉRATURE. SON SEUL DÉFAUT, C'EST SON MAUVAIS CARACTÈRE...
DÉPARTEMENT PROTECTION : CHARGÉ DE DÉJOUER LES TENTATIVES DE VOL ET D'EMPÊCHER LA DIFFUSION DE TEXTES INTERDITS. C'EST UN PEU LA POLICE DES LIVRES !
DÉPARTEMENT DES AFFAIRES EXTÉRIEURES : CHARGÉ D'ÉTENDRE L'INFLUENCE DE LA BIBLIOTHÈQUE EN PROVINCE ET DE LA PROTECTION DES OUVRAGES NOUVELLEMENT ACQUIS.
DÉPARTEMENT RESTAURATION : CHARGÉ DE LA RÉPARATION DES OUVRAGES PRÊTÉS AU PUBLIC OU NOUVELLEMENT ACQUIS.

3 Un bienfait pour un livre
TAP
TAP
TAP

TIENS, C'EST OREILLES POINTUES !
MAINTE-NANT QU'ON L'A CROISÉ, ÇA VA NOUS COLLER LA POISSE...
JE NE COMPRENDS PAS COMMENT IL PEUT ÊTRE DE SI BONNE HUMEUR ALORS QUE TOUT LE MONDE LE DÉTESTE...
MOI NON PLUS !
JE SUIS RENTRÉ !
TU ES ENCORE ... AU TRAVAIL ?
JE PEN-SAIS QUE TU RENTRE-RAIS TÔT À CAUSE DE LA PLUIE...
TU NE DEVINERAS JAMAIS CE QUI M'EST ARRIVÉ AU-JOURD'HUI !

Un jour de pluie...
j'ai rencontré...
des kahunas...
sur le chemin du retour...
J'ai lu un livre mystérieux...
...
AU FAIT...
JE ME DEMANDE S'ILS L'ONT, À LA BIBLIOTHÈQUE...
MAIS JE N'AI PAS LE DROIT D'Y ENTRER, DE TOUTE FAÇON!!
J'AIMERAIS BIEN LIRE LA SUITE...

S'ILS ME LAISSAIENT EMPRUNTER DES LIVRES...
JE NE LES SALIRAIS PAS...
JE NE LES PERDRAIS PAS...
JE LES RENDRAIS À L'HEURE...
PFF...
FUIT

OH NON !!
TIFA ! QU'EST-CE QUI SE PASSE ?!!
TU VAS BIEN ?!
RÉPONDS-MOI !!!
QU'EST-CE QUE JE PEUX FAIRE ?
IL FAUT QUE JE LA METTE SUR SON LIT...
POF
ARGH...
JE N'Y ARRIVE PAS...
ELLE EST TROP LOURDE POUR MOI...

DE TOUTE SA VIE...
JAMAIS L'ENFANT NE S'ÉTAIT SENTI...
S'IL TE PLAÎT...
LÈVE-TOI !
AUSSI IMPUISSANT.
HAN
HAN
HAN
HAN
ON N'A PAS LES MOYENS DE PAYER UN MÉDECIN...
IL FAUT QUE JE DEMANDE DE L'AIDE À UN ADULTE...
MAIS...
AUCUN HABITANT DU VILLAGE N'ACCEPTERA DE VENIR !
TU ES VRAIMENT MAGNIFIQUE, BIROH...
FRSH
FRSH
LE PLUS BEAU DU MONDE !
HIII
QUEL TIMIDE !
POF
POF
PAF
TU NE SAIS PAS ACCEPTER LES COMPLIMENTS !

?
TIENS ...
ENCORE CE GARÇON ?
FSH
QUOI ?
QUELQUE CHOSE NE VA PAS ?
EH, PETIT ! OÙ TU COURS SI VITE ? TU CHERCHES TES AMIS ?
HIII

LE SUMAF ...
PLANTE MÉDICINALE DE LA FAMILLE DES SOLANA-CÉES, PARALYSE LE CORPS EN AGISSANT SUR LE SYSTÈME NERVEUX...
LE COQUE-LICOT...
SES FLEURS SÉCRÈTENT UNE SUBSTANCE POUR LE PROTÉGER QUI, CONSOMMÉE EN GRANDE QUANTITÉ, PROVOQUE DES HALLUCINATIONS...
LE SENBAKO ...
PLANTE MÉDICINALE UTILISÉE DEPUIS TOUJOURS PAR LES LAKOTAS, AUSSI APPELÉE "LA PRINCESSE ENDORMIE"...
CES TROIS HERBES SONT DANGEREUSES MAIS, EN PETITE QUANTITÉ, ELLES PEUVENT AVOIR DES VERTUS CURATIVES...
CAR ELLES ATTÉNUENT LA DOULEUR ET AIDENT LE PATIENT À SE REPOSER.
PLUS UNE PLANTE EST TOXIQUE, PLUS ELLE EST EFFI-CACE... TOUT EST UNE QUESTION DE DOSAGE !
ON AJOUTE DES ALGUES ROUGES ET DE JEUNES POUSSES DE SAUGE CISE-LÉES...
AINSI QUE DE L'AIL ET DU GINGEMBRE LÉGÈREMENT ÉCRASÉS...
PUIS ON PLACE LE TOUT DANS UNE THÉIÈRE EN TERRE AVEC DE L'EAU...
SURTOUT, ÉVITER LES THÉIÈRES EN FER !
ON MET SUR LE FEU ET ON LAISSE BOUILLIR 30 MINUTES...
QUAND LE MÉLANGE A RÉDUIT DE MOITIÉ, ON RETIRE DU FEU ET ON FILTRE !
C'EST UN REMÈDE TRADI-TIONNEL LAKOTA ...
IL FAUT EN BOIRE TROIS FOIS PAR JOUR : MATIN, MIDI ET SOIR.

TIENS, BOIS...
C'EST TA GRANDE SŒUR ?
OUI...
ELLE EST TOUJOURS GENTILLE AVEC MOI ...
ET ELLE NE SE PLAINT JAMAIS...
MAIS COMME ON EST PAUVRES, ELLE TRAVAILLE DU MATIN AU SOIR...
POUR POUVOIR M'ENVOYER À L'ÉCOLE.
HAN
...
SEDONA ...
NE LE QUESTIONNA PAS PLUS SUR SA FAMILLE.

ÇA N'A PAS L'AIR D'ÊTRE UNE INTOXICATION ALIMENTAIRE NI UNE MALADIE INFECTIEUSE...
D'APRÈS CE QUE TU M'AS RACONTÉ, JE PENSE QUE C'EST UN CAS D'ANÉMIE CAUSÉE PAR LA MALNUTRITION...
C'EST QUOI, CE LIVRE ?
UN OUVRAGE MÉDICAL...
IL EXPLIQUE COMMENT DIAGNOSTIQUER LES MALADIES À PARTIR DES SYMPTÔMES ET PRÉPARER DES REMÈDES ...
C'EST POUR DEVENIR DOCTEUR ?
NON, C'EST UTILE QUAND ON A DÉJÀ DES CONNAISSANCES...
MAIS ON N'APPREND PAS LA MÉDECINE DANS LES LIVRES, L'EXPÉRIENCE EST INDISPENSABLE !
C'EST UN OBJET COÛTEUX, MAIS IL EST POSSIBLE DE L'EMPRUNTER À LA BIBLIOTHÈQUE...
SI TOUT LE MONDE Y AVAIT ACCÈS, ÇA PERMETTRAIT SANS DOUTE DE SAUVER DES VIES...

CETTE POTION DEVRAIT AIDER TA SŒUR À RÉCUPÉRER...
MAIS SI ELLE EST SOUS-ALIMENTÉE, ÇA NE SUFFIRA PAS...
VOICI QUATRE PIÈCES D'ARGENT ...
ACHÈTE-LUI DE BONNES CHOSES À MANGER !
PING
GLOUPS
JE NE PEUX PAS ACCEPTER !
POURQUOI ?
PARCE QUE...
VOUS AVEZ DÉJÀ DONNÉ UN REMÈDE...
ALORS DE L'ARGENT...
C'EST TROP !
JE NE SAIS PAS...
COMMENT ...
L'EXPLIQUER...
MAIS ...

CONSIDÈRE QUE C'EST POUR TE REMERCIER D'AVOIR PROTÉGÉ MON LIVRE ET BIROH DE LA PLUIE !
LE REMÈDE EST LARGEMENT SUFFISANT !
ON RISQUE DE RÉVEILLER TA SŒUR, ALLONS PARLER À CÔTÉ...
EN VILLE...
IL Y A CE QU'ON APPELLE L'AUMÔNE ...
LES RICHES SONT TENUS DE FAIRE LA CHARITÉ...
ET LES PAUVRES ONT LE DROIT DE L'ACCEP-TER.
GRÂCE À CE SYSTÈME, LES PERSONNES DANS LE BESOIN PEUVENT TOU-CHER UN PEU D'ARGENT...
ELLES ONT BIEN RAISON, PUISQUE C'EST LEUR DROIT !
CELA DIT...
CETTE PRA-TIQUE EST CRITIQUÉE...

UN PHILOSOPHE A NOTAMMENT ÉCRIT...
QUE LA NATURE DE L'HOMME DÉCOULAIT AVANT TOUT DE SON COMPORTEMENT...
D'APRÈS LUI, LA NOBLESSE DE CARACTÈRE N'EST PAS UN TRAIT INNÉ...
ON FINIT PAR L'ACQUÉRIR À FORCE DE SE COMPORTER AVEC NOBLESSE.
CE SERAIT EN MULTIPLIANT LES ACTES DE BRAVOURE QU'ON DEVIENDRAIT BRAVE...
ET EN SE COMPORTANT COMME LE HÉROS D'UNE HISTOIRE QU'ON LE DEVIENDRAIT !
LE HÉROS EN EST UN DEPUIS LE DÉBUT, NON ?
TOUT COMMENCE PAR LA PENSÉE...
LA PENSÉE SE MUE EN PAROLES...
LA PAROLE EN ACTIONS...
LES ACTIONS EN HABITUDES...
LES HABITUDES EN CARACTÈRE...
ET LE CARACTÈRE EN DESTINÉE !
SELON CE RAISONNEMENT, MÊME SI LES PAUVRES BÉNÉFICIENT JUSTE DU SYSTÈME POUR SORTIR D'UNE PASSE DIFFICILE...
À FORCE DE BAISSER LA TÊTE ET DE TENDRE LA MAIN...
ILS FINIRAIENT PAR AVOIR LE DESTIN DE MENDIANTS.
C'EST UNE FAÇON DE VOIR LES CHOSES...
PERSONNELLEMENT, JE PENSE QU'IL N'Y A AUCUN MAL À ACCEPTER LA CHARITÉ DE TEMPS À AUTRE...
ET PUIS...
JE VOIS BIEN QUE TU ESSAIES DE TE COMPORTER DIGNEMENT !

TU NE VEUX VRAIMENT PAS DE CES PIÈCES ?
NON...
M... MAIS...
EN MÊME TEMPS, JE DEVRAIS LES ACCEPTER POUR QUE MA SŒUR GUÉRISSE ...
EH OUI !
L'ART N'A JAMAIS NOURRI SON HOMME...
CE N'EST PAS FACILE DE RESTER FIDÈLE À SES PRINCIPES !
DONNEZ-MOI DU TRAVAIL !
JE PEUX PANSER VOTRE MONTURE, FAIRE LE MÉNAGE...
OU M'OCCUPER DE TOUS LES PETITS TRAVAUX QUE VOUS VOUDREZ !
JE...
JE NE LES PRENDRAI PAS SANS CONTREPARTIE !
TU VOUDRAIS QUE JE TE RÉMUNÈRE POUR TES SERVICES ...
MAIS QUATRE PIÈCES D'ARGENT, CE N'EST PAS RIEN ...
PERSONNE NE DÉBOURSERAIT ÇA POUR LE TYPE DE TÂCHES QU'UN ENFANT EST CAPABLE D'ACCOMPLIR !
...
PARLONS DE LA VALEUR DES CHOSES...

IL Y A TRÈS LONGTEMPS, LES LIVRES VALAIENT LITTÉRALEMENT LEUR PESANT D'OR...
COMME ILS ÉTAIENT ENTIÈREMENT ÉCRITS À LA MAIN, CHAQUE EXEMPLAIRE ÉTAIT LE FRUIT DE BEAUCOUP DE TRAVAIL...
IL PARAÎT QUE LES COPISTES METTAIENT UN AN ET DEMI À REPRODUIRE UN LIVRE SACRÉ !
SANS OUBLIER QUE LES OUVRAGES ÉTAIENT RÉDIGÉS SUR DU PARCHEMIN, UN SUPPORT À LA FABRICATION DÉLICATE, ET QU'IL ÉTAIT DONC DIFFICILE DE SE PROCURER...
AVEC L'INVENTION DU PAPIER VÉGÉTAL ET DE L'IMPRIMERIE, QUI ONT PERMIS DE REPRODUIRE LES TEXTES EN MASSE, LES COÛTS ONT ÉNORMÉMENT BAISSÉ...
PLUS UN OBJET SE BANALISE, PLUS IL DEVIENT ABORDABLE...
EN REVANCHE, PLUS IL EST RARE, PLUS SA VALEUR AUGMENTE !
SI LES MÉDECINS SONT SI CHERS, C'EST PARCE QU'ILS NE SONT PAS NOMBREUX ?
EXACTEMENT !
ET PARCE QUE LEUR SAVOIR-FAIRE EST TRÈS RECHERCHÉ...
LES COMPÉTENCES ET LE SAVOIR ONT BEAUCOUP DE VALEUR QUAND PEU DE PERSONNES LES POSSÈDENT...
ET LES REMÈDES AUSSI SONT TRÈS PRÉCIEUX !
POUR TE REMERCIER DE TA SINCÉRITÉ, J'AIMERAIS QU'ON PUISSE TRAITER D'ÉGAL À ÉGAL...
QU'EST-CE QUE TU SERAIS CAPABLE DE M'OFFRIR D'UNIQUE EN ÉCHANGE DE CES PIÈCES ?
MOI SEUL ?

JE NE POS-SÈDE...
RIEN...
D'EXCEP-TIONNEL...
TU TE TROMPES COMPLÈ-TEMENT !
NE TE SOUS-ESTIME PAS...
IL Y A FORCÉMENT QUELQUE CHOSE...
DONT TOI SEUL ES CAPABLE !
JE NE SAIS PAS...
"LES COMPÉ-TENCES ET LE SAVOIR ONT BEAU-COUP DE VALEUR QUAND PEU DE PERSONNES LES POSSÈDENT..."
AH !

JE SUIS LE SEUL...
À SAVOIR OÙ EST LA PLUS BELLE VUE SUR LE VILLAGE !
EUH ...
ÇA NE COMPTE PAS ?
SI, C'EST PARFAIT !
JE T'ACHÈTE CETTE INFORMATION !
LE PETIT GARÇON PROMIT...
QU'IL VEILLERAIT SUR SA SŒUR CE SOIR-LÀ...
ET QUE LE LENDEMAIN, QUAND ELLE SERAIT RÉTABLIE, ILS IRAIENT ADMIRER LE PAYSAGE ENSEMBLE.

OÙ EST-CE QUE TU ÉTAIS, SEDCNA ?
LE DÎNER EST PRÊT !
TOUTES MES EX-CUSES...
EH ! ATTENDS QUE TOUT LE MONDE SOIT SERVI !
TU ES INCORRI-GIBLE !!
CHOMP
TU DEVRAIS AVOIR HONTE D'ALLER T'AMU-SER PENDANT QU'ON TRA-VAILLE !
J'AVAIS UN PETIT GARÇON À AIDER ...
CHOMP CHOMP
LE SANG-MÊLÉ ?
QUI ÇA ?
UN ENFANT DONT ON A FAIT LA CON-NAISSANCE À MIDI... ON N'EN VOIT PAS SOU-VENT DES COMME LUI !
BON APPÉTIT !
IL NE FAUT JAMAIS NÉGLIGER UNE REN-CONTRE...
CAR MÊME LA PLUS IN-SIGNIFIANTE POURRAIT UN JOUR CHANGER LE DESTIN DU MONDE !
IL N'Y A PAS UN MOYEN DE L'EMPÊCHER DE RACON-TER DES ÂNERIES ?
NON, C'EST UNE MALADIE IN-CURABLE...
N'IM-PORTE QUOI !
DE NOTRE CÔTÉ, ON EN A VRAIMENT BAVÉ !
J'IMAGINE !

ALORS ?
CHOMP CHOMP
VOUS AVEZ RÉUSSI À LE RÉCUPÉRER, CE GRIMOIRE ?
DIX JOURS PLUS TÔT...
UNE MISSIVE ÉTAIT ARRIVÉE À LA BIBLIOTHÈQUE CENTRALE...
EN METTANT DE L'ORDRE DANS LE DÉPÔT DE SON PRÉDÉCESSEUR, UN HOMME AVAIT DÉCOUVERT UNE BOÎTE...
QUI CONTENAIT UN VOLUME ANCIEN.

LE LIVRE DÉGAGEAIT UNE ÉTRANGE LUEUR...
ET L'EXPÉDITEUR VOULAIT SAVOIR S'IL AVAIT DE LA VALEUR OU S'IL DEVAIT S'EN DÉBARRASSER...
LES COURRIERS QUI PARVIENNENT À LA BIBLIOTHÈQUE CENTRALE SONT TRIÉS ATTENTIVEMENT PUIS TRANSMIS AU DÉPARTEMENT ADÉQUAT.
UN GRIMOIRE ?
PROBABLEMENT... JE SAIS QUE C'EST LOIN, MAIS J'AIMERAIS QUE TU TE RENDES SUR PLACE...
BIEN SÛR !
JE SERAIS PRÊTE À TRAVERSER TOUT LE CONTINENT S'IL LE FALLAIT...
C'EST LA MISSION DES AFFAIRES EXTÉRIEURES, NON ?
EN REVANCHE, S'IL BRILLE ...
C'EST QUE SON MANA S'ÉCHAPPE ...
EN EFFET, IL RISQUE D'ÊTRE TRÈS DÉGRADÉ...
JE DEMANDERAI À DEUX RESTAURATEURS...
ET À UN PROTECTEUR DE M'ACCOMPAGNER !

ET C'EST POUR ÇA QUE NOUS SOMMES LÀ...
VOUS M'ÉCOUTEZ ?
GHOMP
GHOMP
GHOMP
GHOMP
GHOMP
GHOMP
TROIS HEURES PLUS TÔT...
LE LIVRE A ÉTÉ VOLÉ ?!
NOUS AVONS ÉTÉ CAMBRIOLÉS HIER SOIR...
DATÉ ALVULÉ, EXPÉDITEUR DE LA MISSIVE.
COMME VOUS POUVEZ LE VOIR, TOUT A ÉTÉ RETOURNÉ...
C'EST VRAI !

EST-CE QUE VOUS AVIEZ PARLÉ DE CET OBJET À QUELQU'UN ?
NON... À PERSONNE !
JE PERÇOIS UN MANA ANCIEN...
MAIS JE NE SAIS PAS DE QUEL TYPE IL S'AGIT...
L'OUVRAGE ÉTAIT DANS CETTE PIÈCE, IL N'Y A AUCUN DOUTE...
FRSH
くしゃ...
HMM...
JE VOIS ...
VOUS N'AVEZ PAS DÛ RIGOLER !
D'APRÈS LES VILLAGEOIS, IL Y A UN QUARTIER PAUVRE AU NORD, UN PEU EN DEHORS DU VILLAGE ...
APPAREMMENT, SES HABITANTS VOLENT SOUVENT DANS LES MAGASINS...
EH BIEN...
ON CHERCHAIT UN LIVRE DE MAGIE, ET ON SE RETROUVE À COURIR APRÈS UN VOLEUR...
TU PARLES D'UNE SURPRISE !
HI!!
FOUAAH...
ZZZ スピー
ZZZ スピー
PENDANT CE TEMPS-LÀ...
CHEZ DATÉ ALVULÉ...

PFF...
JE ME SENS MAL...
D'AVOIR MENTI AUX KAHUNAS...
"EH !
MAIS C'EST UN GRIMOIRE !!"
DEUX JOURS PLUS TÔT...
AH BON ?
QU'EST-CE QUE C'EST ?
EXPLIQUE-MOI !

C'EST UN LIVRE QUI REMONTE À LA GRANDE GUERRE ENTRE LES PEUPLES... IL RENFERME LE POUVOIR D'UN MAGE !
DE NOS JOURS, ON N'A PLUS LE DROIT DE CRÉER CE GENRE D'OUVRAGES, ALORS AUTANT DIRE QUE LEUR VALEUR EST INESTIMABLE !
C'EST POUR ÇA QU'IL Y A CETTE LUEUR ?
CE N'EST PAS UN PEU RISQUÉ D'UTILISER CE GENRE DE RELIQUE ?
QUI PARLE DE L'UTILISER ?
UN PETIT TRÉSOR COMME ÇA, C'EST FAIT POUR TRÔNER SUR UNE ÉTAGÈRE !
TU ME LE CÉDERAIS POUR CETTE SOMME ?
VU SON ÉTAT, JE NE PENSE PAS QU'IL VAILLE PLUS QUE ÇA...
HEIN ?!
TANT QUE ÇA ?! POUR UN BOUQUIN QUI TOMBE EN MIETTES ?!
TU M'EN AURAIS OFFERT COMBIEN S'IL AVAIT ÉTÉ COMME NEUF ?!
VENDS-LE-MOI !
LES LIVRES PRÉCIEUX SONT PLUS EN SÉCURITÉ À AFSHAK, NON ?
TU NE PENSES QU'À TOI !
DE TOUTE FAÇON, J'AI DÉJÀ PRÉVENU LES KAHUNAS...
TU N'AS QU'À LEUR DIRE QU'IL A ÉTÉ VOLÉ !
C'EST ABSURDE !
QUAND JE VOIS UN EXEMPLAIRE DE VALEUR...
JE N'HÉSITE PAS À Y METTRE LE PRIX !
JE SAIS QUE TU N'ES PAS DU GENRE À ESSAYER DE M'ARNAQUER...
MÊME SI POUR LES CHOSES QUE TU TROUVES SANS INTÉRÊT, TU ES VRAIMENT RADIN !

"ALORS, MARCHÉ CONCLU ?!"
"OU... OUI..."
LA SOMME ÉTAIT TROP IMPORTANTE, JE N'AI PAS PU RÉSISTER...
ENFIN BON... JE PENSE QUE LES KAHUNAS M'ONT CRU !
LEUR DÉPART NE DEVRAIT PLUS TARDER...
CETTE HISTOIRE DE VOL, ÇA SENT LE MENSONGE À PLEIN NEZ...
HEIN ?!
FSH
JE SUIS BIEN D'ACCORD...
MOI AUSSI...
AH BON ?!
LES GRIMOIRES N'ONT DE VALEUR QUE POUR LES COLLECTIONNEURS...
CE N'EST PAS FACILE À REVENDRE ! PAS LE GENRE D'OBJET QUE RECHERCHE UN CAMBRIOLEUR...
EN PLUS, QUI SE SERAIT ENCOMBRÉ D'UN BOUQUIN QUI PÈSE UNE TONNE...
ALORS QU'IL Y AVAIT UNE MAGNIFIQUE TAPISSERIE EN COTON, ET NON EN LAINE, AU MUR ?
J'AI JETÉ UN COUP D'ŒIL, LES AUTRES PIÈCES ÉTAIENT PARFAITEMENT EN ORDRE... IL NOUS A VRAIMENT PRISES POUR DES BLEUES !
ET C'EST MAINTENANT...
QUE VOUS ME LE DITES ?!
C'EST QUE...
ÇA PARAISSAIT ÉVIDENT...
JE SUIS TA FORMATRICE, NANAKO !!

IL N'EST PAS IMPOSSIBLE QUE QUELQU'UN DE MAL INTENTIONNÉ L'AIT VOLÉ EN FAISANT CROIRE À UN CAMBRIOLAGE...
MAIS QUI SE DONNERAIT LA PEINE DE CRÉER UNE TELLE MISE EN SCÈNE POUR UN LIVRE DONT IL N'AURAIT JAMAIS ENTENDU PARLER ?
NON, JE PENSE QU'UN COLLECTIONNEUR PRÊT À PAYER LE PRIX FORT S'EST PRÉSENTÉ APRÈS QUE LE MARCHAND NOUS A CONTACTÉS...
IL Y A BEAUCOUP DE GENS QUI S'INTÉRESSENT À CE TYPE D'OUVRAGES, C'EST EMBÊTANT...
CERTAINS DE CES TEXTES SONT DANGEREUX !
S'IL MENT, ON N'A QU'À LE BATTRE JUSQU'À CE QU'IL AVOUE OÙ SE TROUVE LE GRIMOIRE !
CALME-TOI, VOYONS !
NOTRE TRAVAIL EST DE RECUEILLIR LES ÉCRITS QU'ON NOUS CONFIE...
MAIS ON N'EST PAS EN POSITION DE CONFISQUER QUOI QUE CE SOIT !
FSH FSH
QU'EST-CE QU'ON FAIT, DANS CE CAS ?!
SI LE MARCHAND L'A CÉDÉ DE SON PLEIN GRÉ, IL NE NOUS RESTE QU'À RETROUVER L'ACQUÉREUR ET À LUI DEMANDER GENTIMENT DE NOUS RENDRE LE MANUSCRIT...
ON NE PEUT MÊME PAS LE LUI ACHETER !
NON, LA BIBLIOTHÈQUE N'A PAS LE BUDGET POUR ÇA ...
ET S'IL REFUSE ?!
ALORS TOUT SERA FICHU...
C'EST SON DROIT !
APRÈS TOUT LE CHEMIN QU'ON A PARCOURU ?!
ELLE N'A PAS L'AIR DE COMPRENDRE LES RÈGLES DE NOTRE PROFESSION...
COMMENT ELLE A VALIDÉ SON APPRENTISSAGE ? ET ÉTÉ REÇUE AU CONCOURS ?
PSST PSST PSST
ELLE TRAVAILLE VITE ET BIEN, C'EST CE QUI L'A SAUVÉE ...
J'AI TOUT ENTENDUUU !!

JE NE SUIS PAS SI BÊTE !!
JE VAIS VOUS DIRE QUI EST LE COUPABLE !!
GRR...
C'EST LE DIRECTEUR DE LA BIBLIOTHÈQUE !!
QU'EST-CE QUI TE FAIT CROIRE ÇA ?
MON INSTINCT !!
CELUI QUI TE TROMPE TOUJOURS ?
JE PLAISANTE, JE SUIS DU MÊME AVIS ...
PENDANT QUE JE MONTRAIS AUX EMPLOYÉES COMMENT RÉPARER LES LIVRES, ELLES M'ONT EXPLIQUÉ...
QUE LE DIRECTEUR NE COMPRENAIT PAS SA MISSION...
ET QUE TOUT CE QUI L'INTÉRESSAIT, C'ÉTAIT DE SE FAIRE MOUSSER !!
VROUF
C'EST FORCÉMENT LUI !
DU CALME...
TU TE LAISSES AVEUGLER PAR TES ÉMOTIONS !
PEU IMPORTE QU'IL N'AIT AGI QUE PAR VANITÉ...
GRÂCE À LUI, IL Y A MAINTENANT UNE SALLE DE LECTURE À AMUN...
CELA DIT, JE PARIE AUSSI QU'IL EST DERRIÈRE TOUT ÇA !
IL EST LE SEUL HABITANT DU VILLAGE À CONNAÎTRE LA VALEUR D'UN GRIMOIRE...
ET À AVOIR LES MOYENS D'EN ACHETER UN !

JE SUIS D'ACCORD AVEC VOUS...
ET C'EST PROBABLEMENT LUI QUI VA NOUS DONNER LE PLUS DE FIL À RETORDRE...
JE DOUTE QU'IL ACCEPTE DE S'EN SÉPARER...
MAIS SEDONA A EU RAISON DE NOUS RAPPELER...
QUE LE PRINCIPAL, C'EST QU'IL GÈRE UNE BIBLIOTHÈQUE, QUELLES QUE SOIENT SES RAISONS !
QUAND UN HOMME EST MOTIVÉ, IL SE TUE À LA TÂCHE !
HI HI HI HI !
DIT PAR UNE MÈRE DE SIX ENFANTS, ÇA SENT LE VÉCU...
JE SUIS SÛRE QU'ANZU EST UNE VRAIE MAMAN GÂTEAU !
HEIN ?!
TU NE COMPRENDS RIEN À LA PSYCHOLOGIE...
PAS ÉTONNANT QUE TU SOIS SI IMMATURE !
ÇA SUFFIT, PIPILI !
QUAND J'ÉTAIS ENCORE APPRENTIE, ANZU ÉTAIT MA PROF POUR LES AFFAIRES EXTÉRIEURES...
QUAND ELLE SORT DE SES GONDS, ÇA FICHE LES JETONS !
UN JOUR, ON A TOUS CRU VOIR L'OMBRE D'UN IMMENSE SERPENT SE DRESSER DERRIÈRE ELLE...
AH BON ?
OUI, LE PIRE C'EST QU'ELLE ÉTAIT FÂCHÉE CONTRE MOI...
ÇA NE M'ÉTONNE PAS !
TU EXAGÈRES !
IL FAUT VRAIMENT ME POUSSER À BOUT POUR QUE JE M'ÉNERVE...
TU NE NIES PAS LE TRUC DU SERPENT ?

CLAP
QUOI QU'IL EN SOIT...
LES GRIMOIRES FONT PARTIE DE NOTRE PATRIMOINE MONDIAL !
QU'EST-CE QUE TU AVAIS FAIT ?
PER-TURBÉ LA CLASSE ...
ÇA RISQUE DE PRENDRE DU TEMPS, MAIS ON VA ESSAYER DE RÉCUPÉRER CELUI-CI !
D'ACCORD !
BRR BRR
OUAIS !
AH...
CET APRÈS-MIDI, J'AI RENDEZ-VOUS AVEC LE PETIT GARÇON DONT JE VOUS AI PARLÉ, JE NE POURRAI PAS VOUS ACCOMPAGNER...
SLURP
ON ÉTAIT DANS LA MÊME PRO-MOTION, JE VOUS JURE QUE C'EST QUELQU'UN D'EFFICACE !
PAS LA PEINE DE S'IN-QUIÉTER ...

PAS ÉTONNANT QUE TU SOIS LE SEUL À CONNAÎTRE CET EN-DROIT...
C'EST UN SENTIER EMPRUNTÉ PAR LES ANIMAUX !
PAR ICI !
C'EST JUSTE DERRIÈRE CES BUIS-SONS !
FSH

WAOUH !
C'EST LE SEUL ENDROIT D'OÙ ON PEUT VOIR LE VILLAGE ENTIER !
D'ICI, ON SAIT TOUT CE QUI SE PASSE DANS LA VAL-LÉE !
TU AVAIS RAISON ...
C'EST LA PLUS BELLE VUE DES ENVI-RONS !
TA SŒUR A RÉCU-PÉRÉ ?
OUI, AUJOUR-D'HUI, ELLE TRICOTE AU LIT...

GRÂCE À VOUS, J'AI ACHETÉ DE LA VIANDE, ÇA LUI A FAIT TRÈS PLAISIR !
LE MARCHAND ÉTAIT PARTICULIÈREMENT SUSPICIEUX, MAIS BON...
VOUS ÊTES SÛRE QUE CE PAYSAGE VOUS SUFFIT ?
C'EST PARFAIT !
LES RÉCITS DE VOYAGE SONT UN GENRE LITTÉRAIRE TRÈS APPRÉCIÉ...
LA DERNIÈRE MODE, C'EST DE PARTIR À L'AVENTURE UN LIVRE À LA MAIN !
LES VOYAGEURS PAIENT MÊME LES HABITANTS POUR QU'ILS LEUR MONTRENT LES PLUS BEAUX COINS DE LA RÉGION !
TU M'AS VENDU UNE INFORMATION, J'AI ACHETÉ UNE EXPÉRIENCE...
CET ARGENT, TU L'AS GAGNÉ GRÂCE À TES CONNAISSANCES !
C'EST...
C'EST VRAI ?
ON PEUT MONTER PLUS HAUT, SI VOUS VOULEZ !
FSH
FSH
FRSH
FRSH
FRSH

FRSH
FRSH
UN FELIONA !!
C'EST UN ANIMAL SACRÉ DE QUATRE MÈTRES DE LONG POUR 350 KILOS, COUVERT D'UN PELAGE ARGENTÉ ET DOTÉ D'UNE CRINIÈRE... LA CORNE QU'IL PORTE SUR SON FRONT EST CENSÉE RÉALISER DE NOMBREUX MIRACLES, BIEN QUE ÇA N'AIT PAS ÉTÉ PROUVÉ.
FAROUCHE ET INTELLIGENT, C'EST UN SOLITAIRE... SELON LES CONNAISSANCES ACTUELLES, IL VIT TOUJOURS EN MILIEU SYLVESTRE, CHAQUE FORÊT N'ABRITANT QU'UN UNIQUE INDIVIDU !
C'EST LA PREMIÈRE FOIS QUE J'EN VOIS UN EN VRAI...
IL N'EST PAS TRÈS GRAND, C'EST SANS DOUTE UN JEUNE...
LE PETIT NE DOIT PAS SAVOIR QUE NOUS SOMMES SUR SON TERRITOIRE...
QUE FAIRE ?!

ヒュウウウ
FUIT
ビュオオオ
!
QU...
FLOUUU
バフッ
FSHH
ゴウッ
DOOOM
ÉLOIGNE-TOI...
SI TU APPROCHES...
オオオ
VSHHHH
FSH
IL VA FALLOIR QUE JE PROTÈGE CE PETIT GARÇON !
TIENS ...
C'EST KUKUO !!

JE PARIE QUE TU N'AVAIS JAMAIS VU DE KAHUNA ! CE SONT DES GENS DE LA VILLE...
...
VIENS !
JE VOUS PRÉSENTE MON MEILLEUR AMI !
OUAH
B... BONJOUR ...
HI HI HI !
"LE SAVOIR QUE L'ON TROUVE DANS LES LIVRES EST PRÉCIEUX..."
EXCUSE-MOI !
ON JOUERA PLUS TARD, JE SUIS OCCUPÉ !
"MAIS IL NE PEUT RIVALISER AVEC L'EXPÉRIENCE..."
PHIL ASOP...
ON N'EST PAS CENSÉ POUVOIR LES APPRIVOISER ...
IL VA FALLOIR METTRE LE DICTIONNAIRE À JOUR !
FSH
À MOINS BIEN SÛR QUE CET ENFANT N'AIT QUELQUE CHOSE DE SPÉCIAL...
HIII !

J'AI PASSÉ UN BON APRÈS-MIDI, MERCI !
JE SUIS CONTENT QUE ÇA VOUS AIT PLU...
?
ATTENDS-MOI, JE REVIENS !
JE N'AIME PAS ÊTRE EN RESTE...
FSH
AVANT QU'ON SE QUITTE...
JE VOUDRAIS TE MONTRER CE QUI ME DIF-FÉRENCIE DES AUTRES !
UN TAPIS ?

AH...
AH...
AH...
AH...
AH !
CE TAPIS...
N'EST PAS NOR-MAL !!
HA HA HA HA HA HA HA !
QU'EST-CE QUI SE PASSE ?!
VSHHHH
LE VASTE MONDE ...
EST REMPLI DE CHOSES DONT TU NE SOUP-ÇONNES MÊME PAS L'EXIS-TENCE !
AAA...
AA...
AA...
AA...
AH !
VSHHHH

NOUS VOILÀ BIEN AVANCÉES ...
C'EST LE MOINS QU'ON PUISSE DIRE !
GRR...
COMME LE DIRECTEUR N'ÉTAIT PAS LÀ, ON AURAIT DÛ EN PROFITER POUR FOUILLER LE BÂTIMENT...
J'AI SENTI LE MÊME MANA QU'AVANT, JE SUIS SÛRE QUE LE LIVRE EST LÀ-BAS !
CER-TAINEMENT, MAIS SANS MANDAT, ON A LES MAINS LIÉES...
CE QUE VOUS ÊTES PROCÉ-DURIERS, AUX AFFAIRES EX-TÉRIEURES !
ON INSISTE TELLEMENT POUR QUE CEUX QUI GÈRENT LES BIBLIOTHÈQUES DE PROVINCE RESPECTENT LES RÈGLES ...
QU'IL EST HORS DE QUESTION QU'ON Y DÉROGE NOUS-MÊMES !
PFF ...
VOUS AUTRES RESTAURATEURS, VOUS ÊTES AVANT TOUT DES ARTI-SANS...
JE SUIS SÛRE QU'ON PARVIENDRA À LUI FAIRE COMPRENDRE LE DANGER QUE REPRÉSENTE CE GRIMOIRE !
TU CROIS ?
SI ON EST COINCÉES ICI, AUTANT RES-TAURER TOUTE LA COLLEC-TION !
SI ÇA T'AMUSE, MAIS CE SERA SANS MOI !
IL Y A QUELQUE CHOSE QUI M'INQUIÈTE ...

DANS SA BOÎTE, LE GRIMOIRE A DÛ ÊTRE LONGUEMENT EXPOSÉ À L'HUMIDITÉ, AUX MOISISSURES ET AUX ATTAQUES DES INSECTES...
QUAND IL EST SORTI DE LA RÉSERVE, IL Y A DE GRANDES CHANCES POUR QUE L'OXYDATION DU PAPIER SE SOIT ACCÉLÉRÉE ET QU'IL SE SOIT DÉGRADÉ D'UN SEUL COUP.
IL N'EST PAS EXCLU...
QUE SON POUVOIR SE DÉCHAÎNE !
ON NE PEUT PAS FOUILLER LES LIEUX, MAIS TENEZ-VOUS PRÊTES AVEC VOTRE MATÉRIEL...
ON RISQUE D'AVOIR BESOIN D'INTERVENIR EN URGENCE !
COMPRIS !
TU AIGUISERAS MON COUTEAU, NANAKO ?
FAIS-LE TOI-MÊME !
TSS
DIRE QUE PENDANT CE TEMPS, SEDONA S'AMUSE !
IL EST IMPORTANT D'ÉCHANGER AVEC LES VILLAGEOIS POUR SAVOIR SI LES LIVRES SONT DIFFUSÉS...
C'EST SON TRAVAIL !
PAS VRAIMENT !
TIENS ...
HIII !

QU'EST-CE QUI SE PASSE, LÀ-HAUT ?
ÇA ALORS !
VSHHHH
TU AS MOINS PEUR ?
OU... OUI...
ESSAIE DE REGARDER AUTOUR DE TOI !
C'EST INCROYABLE !
JE PENSAIS QUE LE GRAND ARBRE DU VILLAGE ÉTAIT L'ENDROIT LE PLUS HAUT DU MONDE !
UNE CHOSE EST SÛRE...
C'EST QUE CE PAYSAGE...
ET L'ÉMOTION QUE TU RESSENS...
NE REPRÉSENTENT QU'UNE FRACTION DE CE QUE LE MONDE A À OFFRIR !

AAH !
J'AI EU PEUR, MAIS C'ÉTAIT BIEN !
HI HI !
TANT MIEUX !
FSH
ROLL くるくる ROLL
VOUS ÊTES INCROYABLE !
VOUS AVEZ DES POUVOIRS ET VOUS ÊTES TROP CLASSE ...
ON DIRAIT ...
LE HÉROS D'UN ROMAN !
HI HI !
JE VOUS ADMIRE !
SI SEULEMENT MES COLLÈGUES T'ENTENDAIENT !
J'AI HONTE ...
N'IMPORTE QUOI ...
AUCUNE MATURITÉ !

TU AIMES LES ROMANS, TOI AUSSI ?
OUI ! EST-CE QU'IL Y EN A BEAUCOUP, À AFSHAK ?!
POUR ÇA, C'EST LE PARADIS !
ON EST LES PREMIERS À RECEVOIR LES NOUVEAUTÉS DE TOUT LE CONTINENT...
QUELLE CHANCE... J'AIMERAIS Y ALLER POUR LIRE PLEIN DE LIVRES !
INUTILE D'ÊTRE SI PRESSÉ...
IL Y A BEAUCOUP DE GRANDS CLASSIQUES DANS LA BIBLIOTHÈQUE DE TON VILLAGE ...
TU DEVRAIS ATTENDRE DE LES AVOIR TOUS LUS !
EUH ...
QU'EST-CE QUI SE PASSE ?
C'EST JUSTE ...
QUE ...
RIEN, RIEN...
EN FAIT...

JE N'AI PAS LE DROIT...
D'Y ENTRER ...
HEIN ?
PLAF
VOUS AVEZ VU OÙ J'HABITE ...
LES HABITANTS DES FAUBOURGS...
N'ONT PAS ACCÈS À LA BIBLIOTHÈQUE !
JE COMPRENDS POURQUOI LE DIRECTEUR A CRÉÉ CETTE RÈGLE...
C'EST VRAI QUE CERTAINES PERSONNES POURRAIENT ABÎMER LES LIVRES OU LES VOLER POUR LES REVENDRE !
JE N'AVAIS PAS L'INTENTION DE VOUS LE CACHER...
MAIS J'AI PENSÉ QUE SI JE VOUS DISAIS D'OÙ JE VENAIS ...
VOUS NE M'ADRESSERIEZ PAS LA PAROLE.
VOUS SAVEZ, J'AIME VRAIMENT LA LECTURE...

JE SUIS PAUVRE ET JE NE RES-SEMBLE PAS AUX AUTRES ENFANTS...
MAIS SI J'ALLAIS À AFSHAK...
VOUS CROYEZ QU'ON ME PRÊTERAIT QUAND MÊME DES LIVRES ?
QUOI ?
JE N'EN RE-VIENS PAS...
TU T'IN-QUIÉTAIS POUR ÇA ?!
POF
LES KAHUNAS NE FONT AUCUNE DISCRIMINATION, VOYONS !
C'EST VRAI ?!
BIEN SÛR !
J'AI UNE IDÉE...

JE VAIS TE PRÊTER CE LIVRE !
HEIN ?!
POUR ...
POUR DE VRAI ?!
OUI, JE VAIS RESTER QUELQUE TEMPS AU VILLAGE...
VOUS ÊTES SÛRE ?!
ATTENTION, TU DOIS ME PROMETTRE ...
D'EN PRENDRE SOIN !
FUIT FUIT FUIT FUIT
JE SAIS ...
QUE VOUS Y TENEZ BEAUCOUP...

C'EST L'HISTOIRE D'UN MAGE QUI S'EST BATTU POUR PROTÉGER LE MONDE, ET D'UNE BIBLIOTHÈQUE...
C'EST CE LIVRE QUI M'A DONNÉ ENVIE DE DEVENIR KAHUNA !
AH BON ?
OUI !
IL A CHANGÉ MON DESTIN...
LES RÉCITS...
ONT PARFOIS UN GRAND IMPACT SUR LA VIE DE LEURS LECTEURS...
C'EST UN POUVOIR EXTRAORDINAIRE !
ET NOTRE MISSION, EN TANT QUE KAHUNA, EST DE NOUS ASSURER QU'ILS SOIENT ACCESSIBLES AU PLUS GRAND NOMBRE...
TOUT LE MONDE DEVRAIT AVOIR LES MOYENS DE FEUILLETER CE QU'IL VEUT...
ALORS QUAND QUELQU'UN ME DIT QU'IL A ENVIE DE LIRE...
MON CŒUR FAIT UN BOND DANS MA POITRINE !

QU'EST-CE QUI T'A PRIS, SEDONA ?!
TU AURAIS PU FAIRE PEUR AUX VILLA-GEOIS !
ENFIN !
TOUT VA BIEN ?
HAN
HAN

C'EST GÉNIAL !
HAN
HAN
JE VAIS ENFIN POUVOIR...
LIRE UN LIVRE CHEZ MOI !
BRR
POF
HEIN ?!
FUIT

PLAF
PETITE VERMINE ...
J'ÉTAIS SÛR QUE ÇA FINIRAIT PAR ARRIVER !
NON SEULEMENT TU T'INTRODUIS DANS LA BIBLIO-THÈQUE, MAIS TU VOLES AUSSI DES LIVRES ?!
FSH
JE NE L'AI PAS VOLÉ !
ON ME L'A PRÊTÉ !
VOILÀ POURQUOI JE NE VEUX PAS DE PAUVRES DANS MON ÉTA-BLISSEMENT !!
PAF
NE MENS PAS, PERSONNE NE TE PRÊTERAIT QUOI QUE CE SOIT !
AÏE !

QUE JE NE TE VOIE PLUS JAMAIS TRAÎNER DANS LE COIN...
VOLEUR !
POUR-QUOI...
PLIC
PLIC
PLIC
EST-CE QUE TOUT...
EST CONTRE MOI ?

JE N'AI...
JAMAIS ...
RIEN FAIT DE MAL !

TU TE TROMPES SUR SON COMPTE !
IL N'A PAS VOLÉ QUOI QUE CE SOIT !!

AH BON ?!
ET COMMENT TU PEUX EN ÊTRE AUSSI SÛRE ?
QUAND IL LIT UN LIVRE, IL EN PREND BIEN SOIN !
QUOI ?
NE ME DIS PAS QUE C'EST TOI QUI LE LAISSAIS ENTRER ?!
SI, ET ALORS ?!
FSH
...
DEPUIS QUAND TU ES SI INSOLENTE ?!
IL EST PAUVRE, MAIS...
IL SAIT LIRE ET IL RESPECTE LES OUVRAGES !
POURQUOI TU NE LE LAISSES PAS UTILISER LA BIBLIOTHÈQUE ?!
PARCE QU'IL NE NOUS RESSEMBLE PAS ?!
ÉCOUTE, SAKIYA...
JE NE VEUX PAS QUE TU FRÉQUENTES CE GAMIN AUX OREILLES POINTUES...
POURQUOI ?!

LE SANG QUI COULE DANS SES VEINES N'EST QU'À MOITIÉ COMME LE NÔTRE...
L'AUTRE MOITIÉ VIENT D'UN PEUPLE AVEC LEQUEL NOUS SOMMES EN TRÈS MAUVAIS TERMES...
CHAQUE CULTURE A SA PROPRE FAÇON DE PENSER, SA PROPRE PHILOSOPHIE...
ÇA CRÉE DES TENSIONS, J'EN AI VU BEAUCOUP EN TANT QUE MARCHAND !
POUR L'INSTANT, VOUS NE VOUS EN RENDEZ PAS COMPTE PARCE QUE VOUS ÊTES ENCORE DES ENFANTS...
MAIS UN JOUR, ÇA RISQUE DE MAL SE TERMINER, IL VAUT MIEUX QUE VOUS GARDIEZ VOS DISTANCES DÈS MAINTENANT !
JE SUIS SÛRE ...
QUE TU AS TORT !
MÊME S'IL A LES OREILLES POINTUES ...
ET MÊME SI LA COULEUR DE SA PEAU EST DIFFÉRENTE...
QUAND ON LIT LE MÊME LIVRE...
ON RIT EXACTEMENT...
AUX MÊMES PASSAGES ...
PARCE QU'AU FOND DE NOTRE CŒUR, ON EST PAREILS !!
DÉSOLÉE, PAPA...

DZZT
MAIS TU N'ES QU'UN IDIOT !!
TAP
POF POF
FSH
MA FILLE CHÉRIE M'A CRIÉ DESSUS...
BRR
FRSH
BRR
JE SUIS TRAUMATISÉ...

FRSHH
MERCI DE NOUS AVOIR PRÉVENUES, SEDONA...
IL EST NATUREL DE FAIRE CONFIANCE À NOS COLLABORATEURS...
MAIS CETTE FOIS, JE N'AI PAS ÉTÉ ASSEZ VIGILANTE !
C'EST INADMISSIBLE...
QUELLE QUE SOIT LA RAISON DE SA DÉCISION...
NOUS NE POUVONS PAS FERMER LES YEUX !
OH... PIPILI AVAIT RAISON...
JE VOIS...
JE L'AVAIS BIEN DIT !

J'AI TOUJOURS RÊVÉ...
DE RENCONTRER UN HÉROS UN JOUR...
QUI M'ACCEPTE DANS SA BANDE...
MAIS EN RÉALITÉ, SI JE DEVAIS APPARAÎTRE DANS UN ROMAN...
JE NE SERAIS QU'UN FIGURANT PARMI D'AUTRES SUR UNE ILLUSTRATION...
NON... EN FAIT, JE PENSE QU'ON NE ME REPRÉSENTERAIT MÊME PAS...
DANS LA PHRASE : "LA VILLE ACCUEILLAIT UNE FOULE ANIMÉE..."
JE FERAIS PARTIE DE LA FOULE...
PERSONNE NE S'INTÉRESSERAIT À MOI...

LE DIRECTEUR T'A PRIS MON LIVRE ?
JE VOIS...
JE VAIS ALLER LUI DEMANDER QU'IL ME LE RENDE...
SI TU TE COMPORTAIS BIEN EN TEMPS NORMAL, ÇA NE SERAIT SANS DOUTE PAS ARRIVÉ !
CE QUI ATTRISTAIT LE PLUS LE PETIT GARÇON...
CE N'ÉTAIT PAS TANT DE NE PAS POUVOIR LIRE LE LIVRE...
QUE D'ÊTRE DANS L'INCAPACITÉ DE LE RENDRE EN MAIN PROPRE, ET AINSI DE DÉCEVOIR UNE DES RARES PERSONNES À LUI AVOIR ACCORDÉ SA CONFIANCE...
OUAH
SNIF...
SNIF...

FRSH スッ スッ
LAISSE-MOI TRANQUILLE !
PCF
QUOI ENCORE ?
...
TU GARDAIS CE FRUIT POUR PLUS TARD, NON ?
OUAH
MERCI !
EXCUSE-MOI D'AVOIR ÉTÉ MÉCHANT AVEC TOI !
SNIF
OUAH
FRSH

JE N'EN-TENDS PAS LES VILLA-GEOIS...
TU CROIS QUE PERSONNE NE S'EN EST RENDU COMPTE ?
TU PENSES ...
QUE C'EST UN IN-CENDIE ?!
TIENS ...
ON DIRAIT QU'IL Y A DE LA FUMÉE...
QUI SORT DE LA BIBLIO-THÈQUE ...
?!
POF
LE LIVRE DE SEDONA EST À L'IN-TÉRIEUR !!
FSH
FUIT

OUAH
FUIT...
!!
TU VEUX QUE JE MONTE...
SUR TON DOS ?!
MAIS...
MÊME SI J'Y ALLAIS...
JE NE POURRAIS...
"J'Y TIENS COMME À LA PRUNELLE DE MES YEUX..."
RIEN FAIRE !
"D'APRÈS LUI, LA NOBLESSE DE CARACTÈRE N'EST PAS UN TRAIT INNÉ...
ON FINIT PAR L'ACQUÉRIR À FORCE DE SE COMPORTER AVEC NOBLESSE."
UN BRAVE SE COMPORTE COMME UN BRAVE...
LE HÉROS D'UN ROMAN SE COMPORTE COMME LE HÉROS D'UN ROMAN...
CRAG
CHOMP
CHOMP
C'EST PEUT-ÊTRE...
CE QU'IL Y A DE PLUS IMPORTANT POUR MOI...

IL FAUT TOUJOURS RENDRE CE QU'ON A EMPRUNTÉ !

Magus of the Library

SARASAH

JAYJAY

BIROH

BIZARRE ...
IL N'A PAS D'ÉTIQUETTE...
SI ELLE AVAIT ÉTÉ ARRACHÉE, ÇA SE VERRAIT ...
CE N'EST VRAIMENT PAS UN LIVRE DE LA BIBLIOTHÈQUE ?!
"AU FOND DE NOTRE CŒUR, ON EST PAREILS !!"
AH, LES ENFANTS ...
ILS NE SONT JAMAIS SORTIS DU VILLAGE...
ET ILS S'IMAGINENT QUE LE MONDE EST TOUT BEAU ET TOUT GENTIL...
C'EST À CAUSE DE CES ROMANS DE PIRATES !
TAC コト..
ENFIN...
BRR

LA PROCHAINE FOIS, JE LE LAISSERAI ENTRER ET JE LUI PRÊTERAI UN LIVRE...
FRSH
FRSH
BRR
BRR
FRSH
BRRRRRRRR
4
Une aube nouvelle
FRSH
VSHHHH

IL Y A VRAIMENT LE FEU !!
VROUF
QU'EST-CE QUI A BIEN PU SE PASSER ?
!
OUH OUH
AH AH
QU'EST-CE QUI T'ARRIVE, KEKO ?!
NE ME DIS PAS QUE PAPA EST À L'INTÉRIEUR !
SAKIYA !
TU N'AS RIEN... OÙ EST TON PÈRE ?!
JE NE SAIS PAS, MAIS KEKO EST TOUT PANIQUÉ ...
ET COMME LA DERNIÈRE FOIS QUE JE L'AI VU, IL ÉTAIT DANS LA BIBLIOTHÈQUE...
TU CROIS QU'IL Y EST ENCORE ?!

IL A DÛ Y AVOIR UN ACCIDENT...
BLA
QU'EST-CE QUI SE PASSE ?!
BLA
DE LA FUMÉE ?!
BLA
MON LIVRE AUSSI EST SÛREMENT À L'INTÉRIEUR !
ON VA LE SAUVER ! OÙ EST-CE QU'ON A LE PLUS DE CHANCES DE LE TROUVER ?
HEIN ?!
PROBABLEMENT DANS SON BUREAU...
TIENS !
POF
POURQUOI TU FAIS ÇA ?!
LA FUMÉE EST PLUS DANGEREUSE QUE LES FLAMMES !
JE L'AI LU DANS "SHAGRAZAT" !
HAN
VIENS AVEC MOI, TU ME GUIDERAS !
OUAH
TU VEUX QUE JE MONTE SUR...
LES ENFANTS, NE BOUGEZ PAS !!
JE VAIS CHERCHER DE L'AIDE !!
VROUF
VSH

C'EST AU FOND !
PAR LÀ, KUKUO !
FRSH
VROUF
VSH
LE VOILÀ !
TAP
DOOOM

CRAC
CRAC
CRAC
ATTRAPE-LUI LE BRAS !
ON Y VA !
POF POF
OÙ EST...
LE LIVRE QUE VOUS M'AVEZ PRIS ?!
KOF KOF
SUR ...
MON BUREAU ...
COURS LES METTRE À L'ABRI, KUKUO !
JE VAIS CHERCHER MON LIVRE !
QUOI ?!
FUIT
TU ES FOU !
FSH
ATTENDS !!
TAP
FRSHH
PING
KOF
HAN

C'EST LUI !
MAIS ...
QU'EST-CE QUI VA...
ARRIVER AUX AUTRES ?
FRSHH
BROOOM
!?
GLOUPS
VROUF
L'ENTRÉE ...
S'EST EFFONDRÉE !
CRAC
CRAC
CRAC
CRAC
PING
PING
PING
PING
PIIING
CRIII
PING
CRIII
QU...

CRI!!
CRI!!
VROUF
QU'EST-CE QUE C'EST...
QUE ÇA ?

KOF
KOF
HAN
SAKIYA !
TAP
MON-SIEUR LE DIREC-TEUR !
M...
MON AMI EST À L'INTÉ-RIEUR !
CATACLOP
FUIT
CATACLOP

CRIII
CRIII
KOF
ガクッ
PLAF
KOF
KOF
FRSH
HAN
HAN
CRR
ぎゅ…
NE T'IN-QUIÈTE PAS...
JE TE PROTÉGERAI...

JE NE TE VOLERAI PAS...
JE SUIS PARFAI-TEMENT CAPABLE ...
DE RENDRE UN LIVRE QUE J'AI...
EM-PRUN...
JE NE TE SALIRAI PAS !
...
PLAF
J'ESPÈRE QUE SEDONA...
TE RETROUVERA...
PING
IL NE PEUT RIEN T'ARRIVER...
MÊME SI JE SUIS TOUT BRÛLÉ...
PING
SE LANCER TÊTE BAISSÉE SANS AVOIR CONSCIENCE DE SES LI-MITES...
CE N'EST PAS DE LA BRAVOURE ...
C'EST DE LA BÊTISE !

ENFIN, DE TEMPS EN TEMPS...

SEDONA...
LE HÉROS D'UN ROMAN DOIT AFFRONTER DE TERRIBLES ÉPREUVES...
MÊME SI C'EST DE LA FOLIE !
TAP

DÉPARTEMENT RESTAURATION, EN ACTION !!
PAS UNE MINUTE À PERDRE ! TU ES PRÊTE, NANAKO ?!
OUI !
ゴトッ
TAC

DOOOM
CE GRIMOIRE CONTIENT UN ESPRIT DU FEU...
JE VAIS ÉVALUER SON ÉTAT !
FRSHHH
FRSH
NIVEAU DE DÉTÉRIORATION : 5 ! RÉPARATIONS À EFFECTUER : 387 ! RAVAGEURS PRÉSENTS : 2 ! IMPOSSIBLE DE CHANGER LA COUVERTURE ! IL FAUT BOUCHER LES TROUS PAR LESQUELS S'ÉCHAPPE LE MANA !
FRSH FRSH FRSH
TAC TAC TAC TAC
OCCUPE-TOI DE LUI ...
IL N'A PAS L'AIR BRÛLÉ, IL A DÛ ÊTRE INTOXIQUÉ PAR LA FUMÉE...
BIEN...
FRSHHH

À NOUS DEUX, MON JOLI...
CRIII
VROUF
DZZT
JE DÉTACHE LA COUVERTURE !
FRSHHH
TCHAC TCHAC
SE-DONA !
TCHAC
TCHAC
TCHAC
TCHAC
TCHAC

FUIT
?!
VSH
CRAAAAC
VOICI UN MAGE.
LE "MANA", C'EST L'ÉNERGIE QUI HABITE TOUTE CHOSE, DES ÊTRES À LA MATIÈRE, EN PASSANT PAR LES MOTS...
L'ART DE DIALOGUER AVEC CETTE ÉNERGIE ET DE LA CONTRÔLER, C'EST LE "KARAKUPUA", LA MAGIE !
COMME TOUS LES "MAKANI HOA KARAKUPUA", LES MAGES DU VENT...
SEDONA MAÎTRISE LE MANA DE L'AIR...

MAÎTRISER LE MANA DE L'AIR PERMET DONC À SEDONA DE DOMPTER LE VENT.
VSH
FSH
LE VENT NAÎT DU DÉPLACEMENT DE L'AIR D'UNE ZONE DE FORTE PRESSION VERS UNE ZONE DE BASSE PRESSION...
VIOUUU
CRIII
FUIT
PLAF
CRIII

FLAP
FLAP
EXCUSE-MOI, C'ÉTAIT UN PEU BRUTAL...
JE SAIS QUE TU ES FÂCHÉ PARCE QUE TA MAISON TOMBE EN RUINE !
BRR
BRR
BRR
BRR
NE T'INQUIÈTE PAS, MES COLLÈGUES SONT EN TRAIN DE LA RÉPARER...
TAP
TAP
IL N'Y A PLUS QU'À ÉTEINDRE L'INCENDIE...
DEPUIS L'APPARITION DES BIBLIOTHÈQUES, LE FEU A TOUJOURS ÉTÉ LE PLUS GRAND ENNEMI DES LIVRES...
LES FLAMMES DÉVORENT LE PAPIER TANDIS QUE LA FUMÉE ASPHYXIE LES PERSONNES PRÉSENTES DANS DES ESPACES SOUVENT EXIGUS...
FSH
MAIS LE FEU NE PEUT CONTINUER À BRÛLER SANS LES 20 % D'OXYGÈNE QUE CONTIENT L'ATMOSPHÈRE...
PING
PIIING
POUR ÉTOUFFER LES FLAMMES, IL SUFFIT DE LES PRIVER DE CET ÉLÉMENT.
FRSHH

CETTE FUMÉE NOIRE FAIT RETOMBER LES CENDRES AU SOL TOUT EN RÉGULANT LA TEMPÉRATURE ET L'HYGROMÉTRIE DE LA PIÈCE...
PAS ÉTONNANT QUE TU FASSES LA FIERTÉ DU DÉPARTEMENT PROTECTION !
C'EST SÛR !
モク モク..
FRSHH
À PRÉSENT, C'EST AU DÉPARTEMENT RESTAURATION DE JOUER !
LA RESTAURATION DU GRIMOIRE
LES LIVRES MAL ENTRETENUS SONT SOUVENT ATTAQUÉS PAR LES INSECTES BIBLIOPHAGES...
LE PROBLÈME AVEC LES GRIMOIRES, C'EST QUE LE MANA S'ÉCHAPPE PAR LES ENDROITS GRIGNOTÉS ET PEUT DEVENIR INCONTRÔLABLE...
COMME POUR UN OUVRAGE ORDINAIRE, CHAQUE TROU EST RÉPARÉ AVEC DU PAPIER MÛRIER...
MAIS PAR SÉCURITÉ, ON UTILISE DES FEUILLES SPÉCIALES, INFUSÉES AVEC LES EXTRAITS DE 12 HERBES MÉDICINALES...
SI UNE FORMULE IMPORTANTE EST PARTIELLEMENT EFFACÉE, ON AJOUTE LES LETTRES MANQUANTES À L'AIDE D'UNE PLUME DE CHOUETTE ROUGE...
LA MAJORITÉ DES GRIMOIRES AYANT ÉTÉ RÉDIGÉE À LA MAIN, LE RESTAURATEUR S'EFFORCE, DANS LA MESURE DU POSSIBLE, D'IMITER L'ÉCRITURE DE L'AUTEUR ET D'EMPLOYER UNE ENCRE DE COMPOSITION SIMILAIRE.

* CÔTÉS MOBILES DE LA RELIURE, ICI EN CARTON-PAILLE.

TCHAC
À L'AIDE D'UNE LAME BIEN AIGUISÉE...
ON LA DÉCOLLE ...
SOIGNEU-SEMENT...
TCHAC
TCHAC
CETTE OPÉRATION NÉCESSITE UNE GRANDE DEXTÉRITÉ.
GH...
TCHAC
TCHAC
HAAAAN
TCHAC
ENCORE UN PEU DE PATIENCE !

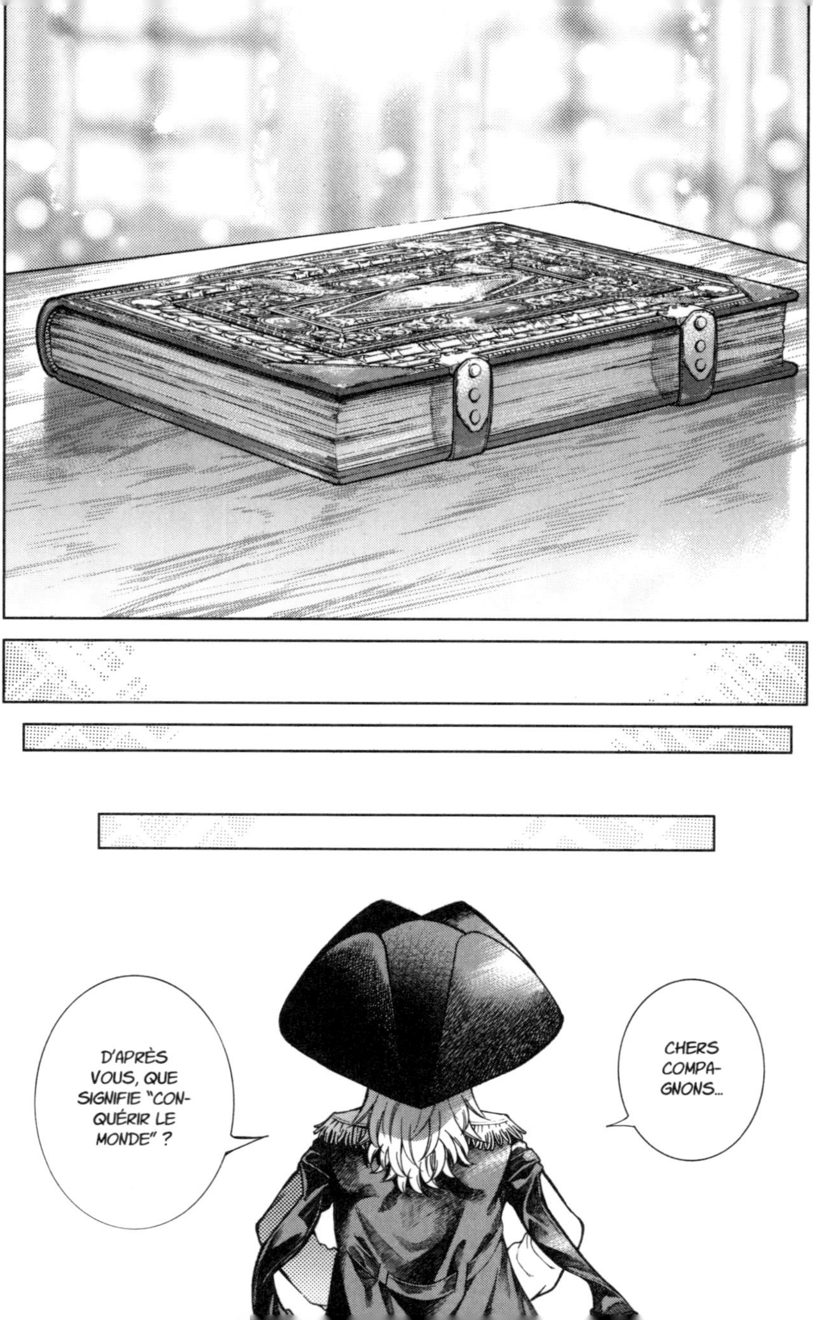
CHERS COMPAGNONS...
D'APRÈS VOUS, QUE SIGNIFIE "CONQUÉRIR LE MONDE" ?

À UNE ÉPOQUE, LES SOUVERAINS DE TOUS LES PEUPLES...
SE BATTAIENT NUIT ET JOUR POUR LA SU-PRÉMATIE...
MAIS ILS FAISAIENT FAUSSE ROUTE...
CE N'EST PAS PAR LA DOMINATION QU'ON S'EMPARE DE QUOI QUE CE SOIT !
MON AMBITION À MOI, C'EST DE DRESSER UNE CARTE DU MONDE PARFAITE...
DE VOGUER SUR TOUTES LES MERS...
DE LAIS-SER MON EMPREINTE SUR TOUS LES CON-TINENTS...
DE FIGURER LE MONDE TEL QU'IL EST RÉELLEMENT ...
EN FAI-SANT DE CE NAVIRE UNE BIBLIO-THÈQUE DE CARTES !
POUR MOI, SHAGRAZAT, CONQUÉRIR LE MONDE...
C'EST PARTIR À L'AVEN-TURE !
ICI MÊME...
DANS CE BA-TEAU...
DANS CETTE PIÈCE ...
SUR CES ÉTAGÈRES ...

JE VAIS BÂTIR UN MONDE !

UN MONDE...
FSH
!!
ÇA Y EST !
IL EST RÉVEILLÉ !
HMM...
SA-KIYA ?
OUF... ÇA A L'AIR D'ALLER MIEUX !
C'EST BON ?!
TU N'AS PAS ENVIE DE VOMIR ?!
...
NON...
FSH
NE LE FRAPPEZ PAS !!

IL VIENT DE REPRENDRE CONSCIENCE, VOUS LE PUNIREZ PLUS TARD !
SNIF ...
SNIF ...
TU AS RAISON ...
DÉSOLÉE ...
Ç... ÇA VA ?
JE NE L'AVAIS JAMAIS VUE S'ÉNERVER...
JE N'EN REVIENS PAS QUE TU TE SOIS JETÉ COMME ÇA DANS LES FLAMMES ...
SI TU ÉTAIS MORT...
POUR QUI JE VIVRAIS, MAINTENANT ?
POF
...
PARDON DE T'AVOIR INQUIÉTÉE ...

FUIT
QUAND ON T'A RETROUVÉ, TU SERRAIS CE TOME TRÈS FORT CONTRE TOI...
C'EST VRAI...
MAIS...
HEIN ?!
AH, PUISQU'ON PARLE DE LIVRES...
ÇA Y EST !
FIGURE-TOI QUE TU AS ENFIN...
ACCÈS À LA BIBLIOTHÈQUE !

BLA
BLA
BLA
BLA
PARDONNEZ-MOI...
JE SUIS PROFONDÉMENT DÉSOLÉ...
POUR TOUT CE QUI S'EST PASSÉ !
SI CE JEUNE GARÇON ÉTAIT ARRIVÉ NE SERAIT-CE QU'UNE MINUTE PLUS TARD...
JE NE SAIS PAS CE QU'IL SERAIT ADVENU DE MOI...
SI ELLE S'ÉNERVE TROP, TU INTERVIENS !
POURQUOI MOI ?
PARCE QUE !
NON MERCI !
PFF...
DOOOM
LOI SUR LA GESTION DES BIBLIOTHÈQUES, ARTICLE 4 ...

"LES BIBLIOTHÈQUES SERONT OUVERTES À TOUS INDÉPENDAMMENT DE LEUR ETHNIE, DE LEUR SEXE, DE LEUR STATUT SOCIAL ET ÉCONOMIQUE"...
VOTRE COMPORTEMENT EST UNE INSULTE À NOTRE PROFESSION...
ET UNE OFFENSE AUX LIVRES !!
J... J... JE...
JE SAIS, MAIS LES MISÉREUX ...
EUH... LES MISÉRABLES SANS CŒUR, JE VEUX DIRE, VOLENT ET ABÎMENT LES OUVRAGES...
JE RECONNAIS QUE LES GENS DANS LE BESOIN IGNORENT SOUVENT À QUEL POINT LES LIVRES SONT PRÉCIEUX...
MAIS CE N'EST EN AUCUN CAS UNE RAISON POUR NE PAS LEUR EN PRÊTER...
QUAND UN TOME EST DÉGRADÉ, ON LE RÉPARE !
SI UN TITRE EST VOLÉ, ON PART À SA RECHERCHE !
MALGRÉ TOUT, ON CONTINUE À PROPOSER DES LIVRES À TOUS...
QUITTE À FAIRE LA MORALE À CEUX QUI NE LES RESPECTERAIENT PAS !!!

EXCLURE QUELQU'UN SANS LUI DONNER LA MOINDRE CHANCE...
C'EST ABSOLUMENT INEXCUSABLE !!
IL L'AVAIT BIEN MÉRITÉ !
TSS...
ET MAINTENANT ?
OÙ SONT LES KAHUNAS ?
EUH...
SI JE ME SOUVIENS BIEN...
COMME LE TRAVAIL EST TERMINÉ, LE GROUPE VA QUITTER LE VILLAGE AVANT LE COUCHER DU SOLEIL...
ATTENDS !
OÙ TU VAS ?!
DÉSOLÉ !
J'AI UN LIVRE À RENDRE !!
TAP

JE DOIS...
À TOUT PRIX ...
RETROUVER LA PERSONNE QUI M'A PRÊTÉ CE LIVRE !
TIENS ?
C'EST OREILLES POINTUES !
FSH
OÙ TU COURS, COMME ÇA ?
TU SÈCHES L'ÉCOLE ?!
PAS SI VITE !!
TAP
TAP
TAP

EH !
IL A UN LIVRE !
TAP !!!
C'EST PAS PARCE QUE T'AS LE DROIT D'ALLER À LA BIBLIOTHÈQUE QU'IL FAUT FRIMER !
ALLEZ, MONTRE-LE-NOUS !
POF
NE ME TOUCHE PAS !!!

TAP
TAP
TAP
QU'EST-CE QUI S'EST PASSÉ ?
FSH
J'AI MAL AUX OREILLES...
ÇA SUFFIT, ANZU, JE PENSE QU'IL A COMPRIS...
C'EST UN HOMME INTELLIGENT ET UN BON GESTIONNAIRE ...
INUTILE DE LUI CRIER DESSUS...
OUPS !
PLAF
JE SUIS DÉSOLÉE, C'EST UN SUJET QUI ME TIENT À CŒUR...
OSSÉ...
PAPA...
GH...

CONFIE-LEUR LE GRIMOIRE, JE TE REMBOURSERAI...
IL EST TROP PRÉCIEUX, SA PLACE EST DANS UNE BIBLIOTHÈQUE SPÉCIALISÉE !
TU...
TU AS RAISON...
LA MAGIE, CE N'EST PLUS POUR MOI...
EXCUSE-MOI, MA CHÉRIE...
TU AVAIS JUSTE ENVIE D'UN AMI AVEC QUI PARTAGER TES LECTURES !
PAPA...
QUAND JE PENSE QU'OREILLES POINTUES M'A SAUVÉ...
JE LUI DOIS DES EXCUSES POUR LA FAÇON DONT JE L'AI TRAITÉ...
PARDON SI J'AI ÉTÉ UN PEU ABRUPTE, MONSIEUR LE DIRECTEUR...
JE SAIS À QUEL POINT IL EST DIFFICILE DE GÉRER UN ÉTABLISSEMENT DE PROVINCE DANS LES RÈGLES DE L'ART...
MAIS NE PERDEZ PAS DE VUE...
LA RAISON POUR LAQUELLE NOUS CRÉONS DES SALLES DE LECTURE...
POURQUOI NOUS PROTÉGEONS...
ET PARTAGEONS LES TEXTES !
NOUS SOMMES CONVAINCUS...
QUE PARMI LES ENFANTS QUI LISENT NOS LIVRES...
ET QUI GRANDISSENT AVEC ET GRÂCE À EUX...

HAN
IL Y AURA
DES HÉROS...

QUI CHANGERONT LE DESTIN DU MONDE !
HAN
HAN
HAN
HAN

TING
HIII
QU'EST-CE QUI TE PREND, BIROH ?
SE-DONA ?
POUR-QUOI TU TE RE-TOURNES ?
FUIT
TAP
TAP
BRR
HAN
HAN
BRR
OUF, J'AI RÉUSSI À VOUS RAT-TRAPER...
MERCI ...
DE M'AVOIR PRÊTÉ CE LIVRE !

ÇA M'A FAIT TRÈS PLAISIR...
C'ÉTAIT LA PREMIÈRE FOIS QUE QUELQU'UN M'EN CONFIAIT UN !
TU L'AS LU JUSQU'AU BOUT ?
EUH ...
NON ...
LE DIRECTEUR M'A TOUT EXPLIQUÉ ...
JE NE VOUDRAIS PAS QUE TU ME LE RENDES SANS L'AVOIR TERMINÉ...
TON EMPRUNT EST PRO-LONGÉ !
HEIN ?
PUISQUE TU AIMES TANT LIRE, JE SENS QUE NOS CHEMINS SE CROISERONT À NOUVEAU...
TU N'AURAS QU'À ME LE RENDRE À CE MOMENT-LÀ !

JE CROYAIS QUE VOUS Y TENIEZ BEAUCOUP ?
C'EST LE CAS !
JE L'AI RELU À CHAQUE FOIS QUE JE TRAVERSAIS UN MOMENT DIFFICILE...
ET IL M'EST TOUJOURS VENU EN AIDE !
LE MONDE EST TISSÉ DE LIVRES, OU PLUTÔT D'ÉCRITS...
BEAUCOUP DE GENS Y ONT RECOURS POUR ÉTUDIER LA PENSÉE DE CEUX QUI NOUS ONT PRÉCÉDÉS...
PARFOIS ILS SONT EN ACCORD AVEC ELLE, PARFOIS NON !
CERTAINS PRODUISENT DE NOUVEAUX TEXTES...
ET DEVIENNENT EUX-MÊMES DES RÉFÉRENCES...
MÊME LES ANALPHABÈTES N'ÉCHAPPENT PAS À CETTE INFLUENCE !
LES PREMIÈRES INSCRIPTIONS ONT ÉTÉ FAITES PAR L'HOMME...
MAIS LA SITUATION S'EST VITE INVERSÉE ...
MAINTENANT, CE SONT NOS RÉCITS QUI NOUS FAÇONNENT ...
ET QUI MODÈLENT LE MONDE !

PROTÉGER LES LIVRES...
C'EST PROTÉGER LE MONDE...
JE SAIS QUE TU COMPRENDRAS VITE LE VÉRITABLE SENS DE CES MOTS...
ET LA VRAIE NATURE DU MONDE QUI EST DÉCRIT DANS CET OUVRAGE !
VOUS PARTEZ...
POUR DE VRAI ?
JE...
JE N'AIME PAS CE VILLAGE ...

JE DÉTESTE LES ENFANTS DE MA CLASSE ...
ET LES ADULTES QUI NE VIENNENT PAS À MON AIDE !
J'EN AI ASSEZ DE ME SENTIR DIFFÉRENT...
À CAUSE DE LA FORME DE MES OREILLES ET DE LA COULEUR DE MA PEAU ET DE MES CHEVEUX !
JE NE VEUX PLUS QUE MA SŒUR SE TUE À LA TÂCHE POUR MOI !
J'AI L'IMPRESSION DE NE SERVIR À RIEN !!
ALORS ...
J'ATTENDS...
VOUS N'ÊTES PAS...
LE HÉROS QUE JE CHERCHE ?
DE RENCONTRER UN HÉROS...
VOUS PENSEZ ...
QUE QUELQU'UN VIENDRA UN JOUR ?!
CELUI QUI VA M'EMMENER LOIN D'ICI ?

NON !
LES HÉROS ...
NE SORTENT JAMAIS DE NULLE PART...
TU SAIS...
LE PAYSAGE QUI SE REFLÈTE DANS TES YEUX N'APPARTIENT QU'À TOI, PER-SONNE D'AUTRE NE PEUT LE VOIR...
COMME TU NE M'AS PAS DIT TON NOM, JE N'OSAIS PAS TE LE DEMANDER...
MAIS QUOI QU'IL EN SOIT ...
CE N'EST CERTAINE-MENT PAS "OREILLES POINTUES" ...
TU DOIS BIEN AVOIR UN VRAI NOM !

SH...
SHIO FUMIS !
HA
C'EST LE DÉBUT D'UNE LONGUE, TRÈS LONGUE HISTOIRE...
CELLE DE TES FUTURES AVENTU-RES !!
PERSONNE NE SAIT CE QUI VA SE REFLÉTER DANS TES YEUX...
PARFOIS, TU AURAS PEUT-ÊTRE ENVIE DE DÉTOURNER LE REGARD ...
MAIS ...
QUOI QU'IL ARRIVE...
TU ES LE SEUL...
À POUVOIR TOURNER LES PAGES !!

LE HÉROS, C'EST TOI...
SHIO !!
C'EST À TOI D'ÉCRIRE CETTE HIS-TOIRE...
ET DE CHANGER LE MONDE !!!

the Library

Magus of

ON SE REVERRA UN JOUR ...
POUR DE NOUVELLES AVENTURES !
AU PLAISIR !

HI HI HI !
TU N'AS PAS PEUR DU RIDICULE, TOI !
"AU PLAISIR" ? SANS RIRE ?
HI!!
MOI, JE TROUVE QUE C'EST UNE BELLE PROMESSE...
HI!!!
C'EST UN NOUVEAU RÉCIT QUI COMMENCE ...
IL FAUT BIEN QUE CE SOIT UN PEU DRAMATIQUE, NON ?

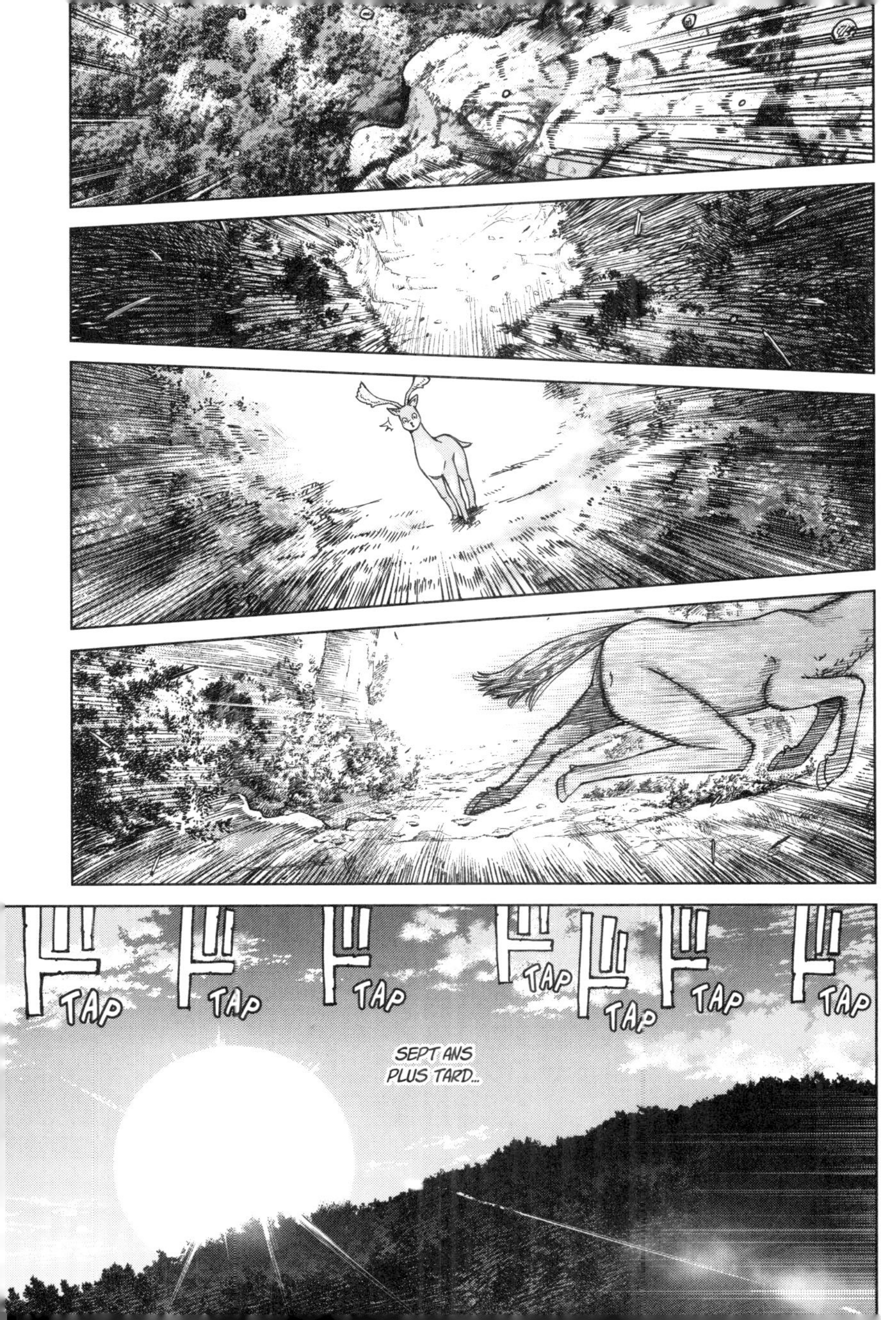
TAP
TAP
TAP
TAP
TAP
TAP
TAP
SEPT ANS PLUS TARD...

FSH
SHIO FUMIS, 13 ANS.

ドドドドドド
TAP TAP TAP TAP TAP TAP TAP
DÉSOLÉ !
TAP
ポ! FSH
TAP TAP TAP TAP
ドスドスー
PLAF
EH, SHIO ! TU PARS BIENTÔT, NON ?
OUI !
HAN
HOP !
HOP !
WAOUH !

TIENS, CADEAU D'ADIEU !
ACHÈTE-TOI UN TRUC BON À MANGER EN ROUTE...
PING
MERCI, DAMU !
POF
IL NE FAUT PAS QUE J'OUBLIE DE RENDRE MON LIVRE AVANT DE PARTIR !
FINA-LEMENT ...
TU AS LU PRESQUE TOUT CE QU'ON A...

ON NE PEUT PAS TE RETENIR PLUS LONGTEMPS ICI...
BON VOYAGE !
SHIO ! ÇA Y EST, TU PARS ?
OUI !
MADAME FUKI, JE PASSE DEVANT CHEZ VOUS, JE DÉPOSERAI ÇA DANS L'ENTRÉE !
MERCI, MON PETIT !
TIENS, C'EST SHIO !
TU NOUS LIS UN LIVRE, AUJOURD'HUI ?
DÉSOLÉ, JE VAIS ÊTRE ABSENT PENDANT UN MOMENT !
POURQUOI, TU VAS FAIRE QUOI ?
PASSER UN CONCOURS !
UN CONCOURS DE QUOI ?!

POUR DEVENIR KAHUNA !
AH, TE VOILÀ !
MERCI D'AVOIR AC-CEPTÉ DE ME SERVIR DE GUIDE !
JE T'EN PRIE...
ÇA Y EST, CETTE FOIS, JE PARS !
OUAIIIS !
À NOUS DEUX, AFSHAK !
GARDE TES FORCES, C'EST UN LONG PÉRIPLE...

"LA LÉGENDE DE L'ARCHIMAGE".
IL Y A BIEN LONGTEMPS, UNE CALAMITÉ, "LE HÉRAUT DE LA GRANDE ABSINTHE", S'ABATTIT SUR LE CONTINENT...
IL DÉTRUISAIT TOUT SUR SON PASSAGE, TERRORISANT LA POPULATION...
SEPT MAGES PARMI LES PLUS PUISSANTS SE DRESSÈRENT CONTRE LUI...
À L'ISSUE D'UNE LONGUE LUTTE, ILS PARVINRENT À ENFERMER LE MONSTRE DANS UN CERCUEIL DE PIERRE.
LA PAIX AURAIT DÛ REVENIR...
MAIS CE NE FUT PAS LE CAS...
CAR L'ENVOYÉ AVAIT LAISSÉ DERRIÈRE LUI "LA MORT COULEUR DE CENDRES", UNE BRUME MALÉFIQUE QUI RECOUVRIT DE NOMBREUX TERRITOIRES.

LA LONGUE GUERRE QUI S'ENSUIVIT VIT DE NOMBREUX PEUPLES S'ENTRETUER POUR LES TERRES RESTANTES...
POUR MIEUX ASSERVIR LES VAINCUS, LES VAINQUEURS LES FORCÈRENT À RENONCER À LEURS COUTUMES, À LEUR HISTOIRE ET À LEUR LANGUE...
EN DÉTRUISANT TOUS LEURS ÉCRITS...
"CE N'EST PAS LE MONDE POUR LEQUEL NOUS NOUS SOMMES BATTUS..."
SE LAMENTAIENT LES MAGES...
C'EST ALORS QUE L'UN D'EUX MURMURA...
"QUELQU'UN DOIT PROTÉGER LE SOUVENIR DE CEUX QUI NOUS ONT PRÉCÉDÉS..."
IL ÉRIGEA ALORS UN GIGANTESQUE PALAIS POUR ABRITER TOUS LES TEXTES...
ET PRÉSERVER LA MÉMOIRE DE TOUS LES PEUPLES.
LES HABITANTS SURNOMMÈRENT LE SEIGNEUR DE CETTE FORTERESSE...
"L'ARCHIMAGE DE LA GRANDE BIBLIOTHÈQUE".
95 ANS APRÈS LA FIN DES HOSTILITÉS, UNE NOUVELLE MENACE PLANE SUR LE MONDE...
UN JEUNE GARÇON QUI VIENT À PEINE DE QUITTER SON VILLAGE EST APPELÉ À JOUER UN GRAND RÔLE DANS CETTE CRISE...

SON NOM : SHIO FUMIS !
DANS LE RÉCIT QUI COMMENCE ...
LES LIVRES ONT LE POUVOIR DE RAPPROCHER LES PEUPLES...

To be continued…

Latitudes
L'île errante
Entre ciel et mer,
à la poursuite de l'impossible...
L'île errante
Kenji TSURUTA
1
KI-OON
BOUKEN EREKITE TOU © Kenji Tsuruta / Kodansha Ltd.

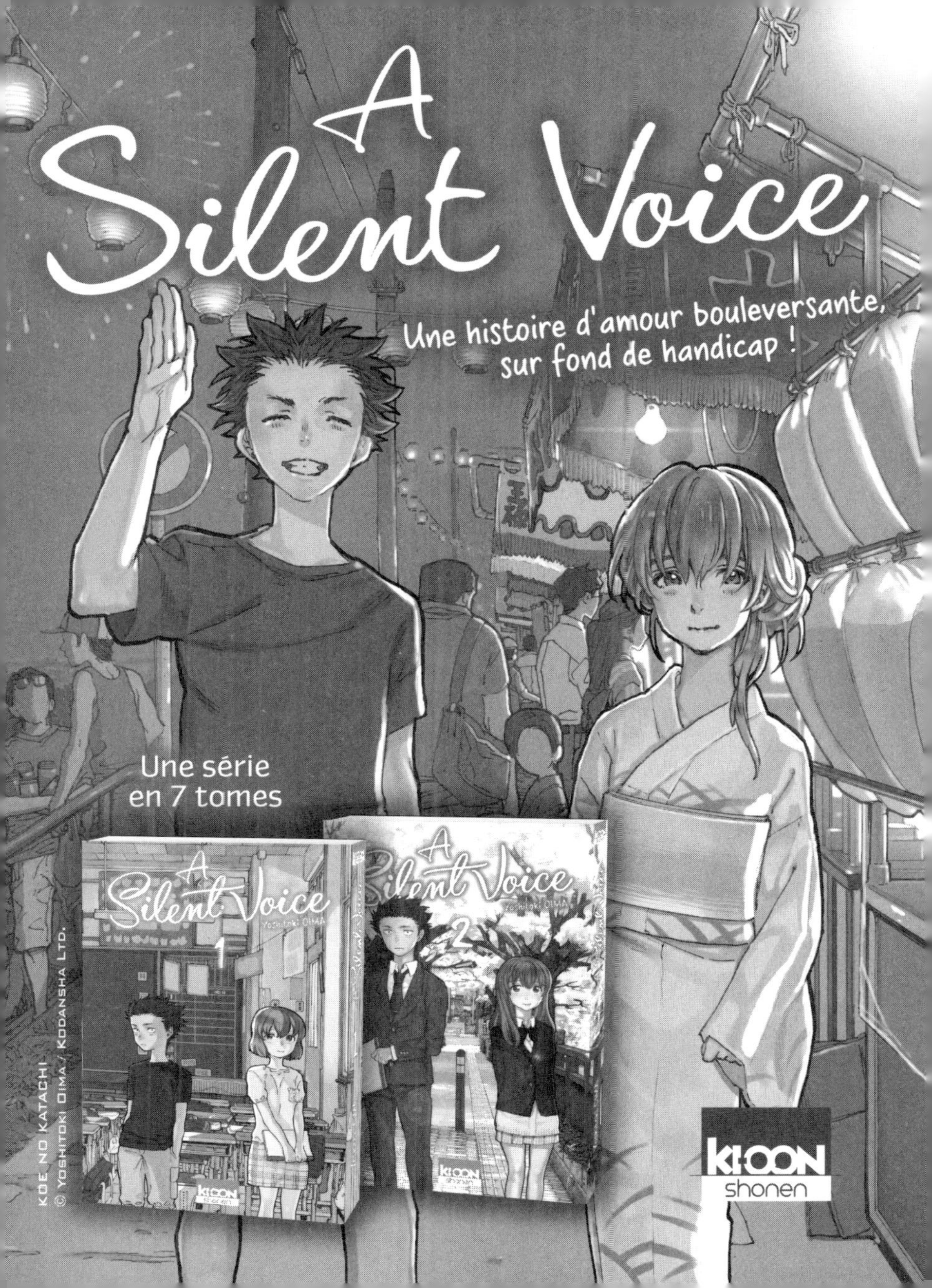
A Silent Voice
Une histoire d'amour bouleversante, sur fond de handicap !
Une série en 7 tomes
A Silent Voice
Yoshitoki OIMA
1
A Silent Voice
Yoshitoki OIMA
2
KOE NO KATACHI
© YOSHITOKI OIMA / KODANSHA LTD.
KI-OON shonen